诗歌里的中国系列丛书

诗歌里的游戏

丁捷 主编
周鹏 编著

河海大学出版社
HOHAI UNIVERSITY PRESS
·南京·

图书在版编目（CIP）数据

诗歌里的游戏 / 周鹏编著. -- 南京：河海大学出版社，2024.7（2024.12重印）
（诗歌里的中国 / 丁捷主编）
ISBN 978-7-5630-8992-5

Ⅰ. ①诗… Ⅱ. ①周… Ⅲ. ①古典诗歌—诗歌欣赏—中国 Ⅳ. ①I207.22

中国国家版本馆CIP数据核字(2024)第106109号

丛　书　名	/	诗歌里的中国
书　　　名	/	诗歌里的游戏
		SHIGE LI DE YOUXI
书　　　号	/	ISBN 978-7-5630-8992-5
责任编辑	/	齐　岩
选题策划	/	李　路
特约编辑	/	翟玉梅
文字编辑	/	岳盈娉
装帧设计	/	刘昌凤
出版发行	/	河海大学出版社
地　　　址	/	南京市西康路1号（邮编：210098）
电　　　话	/	（025）83737852（总编室）
	/	（025）83722833（营销部）
经　　　销	/	全国新华书店
印　　　刷	/	廊坊市印艺阁数字科技有限公司
开　　　本	/	880毫米×1230毫米　1/32
印　　　张	/	8.875
字　　　数	/	208千字
版　　　次	/	2024年7月第1版
印　　　次	/	2024年12月第2次印刷
定　　　价	/	89.80元

序

智性的精彩
——《诗歌里的中国》丛书序

/ 丁捷

中国诗歌是中华儿女的性情基因,是中华文明的基因。翻阅人类文明史,不难看到古老的中国是其中的浓墨重彩。其最为厚重的一笔,是彪炳的中国文学,是灿烂的诗歌星河。说中国是诗歌之国,言无夸张。从古代的《诗经》《楚辞》到唐诗、宋词、元曲,再到进入白话文时代洋洋洒洒的现代诗歌,中国的诗歌文化一直绵延不断,千秋万代,日积月累,终成巍峨。卿好诗文,诗富五车,诗风吹得子民醉;曲水文华,诗脉流芳,中国人一言一行、一语一态,声声有情,款款有韵。中华民族因诗歌而气华,因文采而质优。诗歌涵养出独特而又生动的东方性格和东方智慧,哺育出出类拔萃的中华文化。

显然，包罗万象的中国诗歌，远远不止于是一种文采呈现和审美表达，更是一种精神寄托、文化传承、自然观照和科学探求的集大成。认识中国诗歌财富的价值和取之运用，千百年来，我们一直在做，但做得还远远不够。从中国诗库中挖掘瑰宝，我们更多的注重开发其情绪价值和美学意义，较少关注其对哲学、自然、科学等领域的贡献。中国诗歌"内外兼修"的双重丰富性，多少有些被后人"得之于内而失之于外"，很多时候我们沐浴在中国诗歌的文采和情感这些"温软"里，对它浩瀚里所蕴藏的自然科学"硬货"多少有些忽略。《诗歌里的中国》摒弃习惯思维，另辟蹊径，从节气、节日、民俗、游戏、神话等内容元素切入，引领我们探求诗歌中的气象学、社会学和专类文学；借用传统，达成了某种文化创新。这套诗学著作因而呈现出非同一般的编著意义和传播价值。

"二十四节气"、"传统节日"、"民俗"、"游戏"和"神话"等专题专集构成的丛书，集常识性、科普性与赏析性于一体，洋洋大观，知性明了。每本书选取多个小主题介绍相关历史风俗，并选取符合这一主题的古诗词，通过"主旨""注释""诗里诗外"等栏目,对诗歌进行解读,扩展与之有关的有趣故事,使图书知识性充足,却丝毫不削弱趣味性。《诗歌里的二十四节气》将二十四节气按照春、夏、秋、冬四个季节进行分类。每一节气部分详细介绍了节气的定义、节气的划分、节气三候、气候特点、农业活动及民俗活动等。例如,春分时期的诗歌不仅描述了自然景象的变化,还反映了农耕社会的生活节奏,使读者体会二十四节气在古代社会中的重要意义。《诗歌里的传统节日》按照节日时间分为四个部分:"乱花渐欲迷人眼"、"楼台倒影入池塘"、"菊花须插满头归"和"竹炉汤沸火初红"。每一个传统节日,都从定义、起源和形成、发展脉络到节日活动和习俗,进行全面的科普。通过诗歌,读者可以了解节日的独特意义和文化价值。《诗歌里的民俗》分为人生礼仪、岁时节令、游艺和生活四个部分,每一部分又细分为若干具体的民俗。书中对每一个民俗的定义、形成、发展脉络和习俗进行详细介绍。通过相关的诗歌和注释,读者可以了解古代社会中各种礼仪和习俗的具体表现和文化背景。

值得一提的是,从古老中国文学中找"游

戏"是一件时新的活儿。游戏在我们今天是一种普及化的大众娱乐，在古人那里，却更有娱乐之上的"培雅""社交"功能。这一点太值得我们挖掘了。《诗歌里的游戏》将古代游戏分为文化、博戏、武艺和礼俗四个类别，每一类别包含若干游戏。书中对每个游戏从定义、历史和玩法等方面进行详细介绍。例如，古代的射箭游戏不仅有诗歌的描述，还有射箭的历史和技术细节。通过相关的诗歌和故事，读者可以更好地了解古代游戏的相关知识和古人的高雅娱乐方式。我们今天在为青少年沉湎于"西式游戏"而烦恼的时候，不妨到聪明的祖先那里求助，仙人指路，也许我们因此而抛却外来依赖，开发出更多属于我们自己的、具有强烈民族特色的优质"游戏"。

　　从文学本身的意义看，《诗歌里的神话》拾遗补缺，为文学学的发展提供了新的参考。本册分为天地开辟、三皇五帝、夏商周等几个时期，详细介绍了每个时期的神话传说。书中通过对相关诗歌的解读，带领读者领略中国文化的起源和神话传说的独特风采。例如，盘古开天辟地的神话不仅有诗歌的描述，还结合了神话的起源和影响，使读者对这段神话有更深刻的理解。中国神话传说丰富多彩，却散逸在苍茫文海，由诗歌开路，踏浪寻踪，不愧为一种大观捷径。

通过《诗歌里的中国》丛书，我们可以穿透历史的缝隙，重新发现那些优秀的传统文化，感受古代社会的丰富多彩和智慧结晶。本套丛书不仅是体例创新的诗词赏析集，更是解构中国传统文化的宝贵资料，使读者在欣赏诗歌的同时，感悟文化之美，厚植爱国情怀，筑牢文化自信，增进科学自豪。

由诗歌等"杰出贡献者"写就的中华文明，源远流长、博大精深，是中华民族独特的精神标识，是当代中国文化的根基，是维系全世界华人的精神纽带，也是中国文化持续和创新的宝藏。习近平总书记在文化传承发展座谈会上，以贯通古今的文化自觉，鲜明提出了中华文明的突出特性，即连续性、创新性、统一性、包容性、和平性。这是对中国文化特性、中华文明精神的深刻总结，是站在推进中国式现代化建设的全新视角，对创造新文化的恢弘擘画，为建设中华民族现代文明提供了根本指针。今日之中国，人民群众对传统文化的热情日益高涨，中华优秀传统文化活力迸发,《诗歌里的中国》丛书出版,正是为了激发大国科学创新潜力,传递民族精神之光,绽放中华文化独特魅力的呼应之作。

时不我待,让我们拥抱这份智性精彩。

2024 年 6 月 13 日于梦都大街

目录

壹 文化类

射覆
无题 / 李商隐 …… 三 — 一二

曲水流觞
三日书怀因示百僚 / 李适 …… 一五 — 二五

风筝
寒食日早出城东 / 罗隐 …… 二八 — 三八

捶丸
宫词 / 王建 …… 四一 — 四九

斗草
观儿戏 / 白居易 …… 五六 — 六五

酒牌
对酒 / 白居易 …… 六九 — 七九

灯谜
生查子·元夕 / 欧阳修 …… 八二 — 八八

贰

博戏类

九三	六博
九九	汉宫少年行 / 李益
一〇三	樗蒲
一〇九	逢杨开府 / 韦应物
一一三	弹棋
一一九	弹棋歌 / 李颀
一二二	双陆
一三〇	念奴娇·双陆和坐客韵 / 辛弃疾
一三三	象棋
一四二	哭象棋诗 / 王守仁
一四五	围棋
一五六	别房太尉墓 / 杜甫

叁 武艺类

斗鸡 一六三
结客少年场行 / 卢照邻　一七二

角抵 一七五
奉和人日宴大明宫恩赐彩缕人胜应制 / 韦元旦　一八一

蹴鞠 一八四
寒食城东即事 / 王维　一九三

射箭 一九六
观猎 / 王维　二〇八

弄潮 二一一
瑞鹧鸪·观潮 / 苏轼　二一六

龙舟竞渡 二一九
岳州观竞渡 / 张说　二二三

肆 礼俗类

二二九	**投壶**
二三四	梁甫吟 / 李白
二三九	**拔河**
二四五	奉和圣制观拔河俗戏应制 / 张说
二四七	**烟花**
二五一	正月十五夜 / 苏味道
二五四	**竹马**
二六一	唐儿歌（杜豳公之子）/ 李贺
二六四	**击壤**
二六九	骠国乐 / 白居易

第一辑

文化类

射覆

科普 //

射覆，原为一种猜物游戏，将物品藏在碗盆下，让人猜想，也用来占卜。后世是一种酒令，在喝酒行令时，出题者先用诗文、成语、典故隐喻某事物，让猜谜者用另一种诗文、成语、典故揭开谜底。如果猜不出或猜错，或者出题者误判，就须罚酒。

历史

《红楼梦》里就有射覆的记载。《红楼梦》第六十二回，写到宝玉、平儿过生日，要行酒令，平儿拈到了个"射覆"，宝钗说："把个酒令的祖宗拈出来。射覆从古有的，如今失了传，这是后人纂的，比一切的令都难。"

为什么说射覆比一切的令都难呢？射覆的本意，是用一个不透明的器具，盖住小物件，让别人猜射是什么东西。这种玩法，的确比一切的游戏都难。但这只是猜射，和明清文人的酒令还是不太一样的。

真正的射覆，出自《汉书·东方朔传》，里面说："上尝使诸数家射覆，置守宫盂下，射之，皆不能中。朔自赞曰：'臣尝受《易》，请射之。'乃别蓍布卦而对曰：'臣以为龙又无角，谓之为蛇又有足，跂跂脉脉善缘壁，是非守宫即蜥蜴。'上曰：'善。'赐帛十匹。复使射他物，连中，辄赐帛。"东方朔的确是个猜谜高手，群臣中也只有他猜对了，说不是壁虎就是蜥蜴。这样的猜谜，需要很高的知识水平，确实很难。如果只猜中一次，我们可以说东方朔或许是瞎蒙的成分居多。不过能连中就不是瞎蒙了，也不知有什么神秘的法子。这就更难让人模仿了。我们从记载上看，《红楼梦》这种"射覆"，很少流行在正史中，有没有可能，根本就是曹雪芹杜撰的呢？这也是说不定的。

唐朝的射覆更加具有娱乐性，它演化出一种新形式，演化到劝酒之中，这就是射覆用于酒令的开始，后世的射覆多是由此而来。

那时射覆的大致方法是：预先在一杯碟中放入纸条，或者欲行猜射之物，然后口头说出一段隐语，比如说"春来发几枝"，即寓指红豆，猜射者若知道，也须讲出一段红豆的典故来，但不能把红豆的名字泄出，才算猜着，若是犯规，就须罚酒。这就是那时的规则。这和《红楼梦》里的射覆已经很像了。这个游戏，跟现在许多工会联谊会采用的很像，我们有时候会使用这种游戏来活跃节日的气氛、促进职工间的友谊。李商隐所说的"隔座送钩春酒暖，分曹射覆蜡灯红"也就是这种形式。但有时候会增加难度，也就是不直接说出一个东西，而是将猜射之物隐藏在典故中作隐语，对方也以典故对答，双方朦朦胧胧的，有时候都不知道是不是真猜对了，这也是射覆的一种形式。《红楼梦》讲的可能是这种形式，这的确是"比一切的令都难"。然而在这种猜射中，大家心有灵犀，形成一种默契感，这又是射覆这种活动独有的魅力。

射覆有一个小典故，是关于唐玄宗的。相传唐玄宗会捉弄人，有一次拿国家大事来同儿子开玩笑。他选好了宰相，恰好儿子（李亨）来了，他便用金瓯把纸盖上，让儿子猜选的宰相是谁，要是猜对了，就有酒喝。李亨最终还是猜对了。这也可见，唐朝宫廷的轻松风貌，并不是事事庄严的。这个故事流传很广，甚至传为佳话，但这种儿戏的态度，也确实是唐玄宗的一个弊病。若是赌得再大一点，涉及实质利益，就是儿戏政治了。

后来，射覆有点向简化的方向发展，例如抓一些小的东西放在手里，让人去猜，谓之"猜枚"，或者是猜单双、数目、颜色等。这种低等游戏，也是射覆的一个发展，所谓盛极必衰也。它不像射覆那么复杂，甚至不能叫作射覆，而成了一种民间消遣，淡出

◆宋徽宗文会图　轴（局部）

画中于庭院置大桌，有文士围坐，描绘精工细致。

了历史空间。这种射覆的形式,渐渐也就消失了。

流传至明清,射覆逐渐演化成酒令,成为明清文人酒戏的结合。俞敦培《酒令丛钞》中说:"李义山诗:'隔座送阄(钩)春酒暖,分曹射覆蜡灯红。'愚按:《东方朔传》《管辂传》皆言射覆乃占验之学。今精六壬术者,犹或能之。《唐书》:明皇命相,御书其名,会太子入侍,上举金瓯覆其名而告之曰:'此宰相名也,汝知其谁耶?射中赐卮酒。'此则非术数家言矣。然今酒座所谓射覆,又名射雕覆者,殊不类此。法以上一字为雕,下一字为覆,设注意'酒'字,则言'春'字、'浆'字,使人射之,盖春酒、酒浆也。射者言某字,彼此会意。余人更射。不中者饮,中则令官饮。"这种射覆就比较复杂了,这就是《红楼梦》里的"射覆"所本。它是一种文字游戏,往往不需要实物的出现,或者说已经失去了射覆本来的意义,变成了一种酒间的戏谈。这种游戏,的确只能在文人间流行,而不可能流传太广。我们看《红楼梦》怎么说:

探春道:"……从琴妹掷起,挨下掷去,对了点的二人射覆。"宝琴一掷,是个三,岫烟、宝玉等皆掷的不对,直到香菱方掷了一个三。宝琴笑道:"只好室内生春,若说到外头去,可太没头绪了。"探春道:"自然。三次不中者罚一杯。你覆,他射。"宝琴想了一想,说了个"老"字。香菱原生于此令,一时想不到,满室满席都不见有与"老"字相连的成语。湘云先听了,便也乱看,忽见门斗上贴着"红香圃"三个字,便知宝琴覆的是"吾不如老圃"的"圃"字。见香菱射不着,

诗歌里的中国

众人击鼓又催,便悄悄的拉香菱,教他说"药"字。……下则宝钗和探春对了点子。探春便覆了一个"人"字。宝钗笑道:"这个'人'字泛的很。"探春笑道:"添一字,两覆一射也不泛了。"说着,便又说了一个"窗"字。宝钗一想,因见席上有鸡,便射着他是用"鸡窗""鸡人"二典了,因射了一个"埘"字。探春知他射着,用了"鸡栖于埘"的典,二人一笑,各饮一口门杯。

这便是当时射覆的场景,非要暗着说,才算对头。"老"字对的是什么呢?桌上并无余物,可以指涉这个"老"字,一定得看到门斗上的"红香圃",才能想到《论语》里"吾不如老圃"的"圃"字。如果覆一个"鸡"字,必得先说"人"字,而"人"字又太泛,要补说一个"窗"字,才应着"鸡窗""鸡人"二典,射者也不说"鸡"字,只借"鸡栖于埘"的典故而射一"埘"字,便算射着了。这是很复杂的游戏,倘若学识不够,便射不着,或者说猜错了,哪有那么多心有灵犀呢?即便室内有这般物件,也很容易猜不着,这便是难度。还有下一段:

宝钗覆了一个"宝"字,宝玉想了一想,便知是宝钗作戏指自己所佩通灵玉而言,便笑道:"姐姐拿我作雅谑,我却射着了。说出来姐姐别恼,就是姐姐的讳'钗'字就是了。"众人道:"怎么解?"宝玉道:"他说'宝',底下自然是'玉'了。我射'钗'字,旧诗曾有'敲断玉钗红烛冷',岂不射着了。"湘云说

八

诗歌里的游戏

道:"这用时事却使不得,两个人都该罚。"香菱忙道:"不止时事,这也有出处。"湘云道:"'宝玉'二字并无出处,不过是春联上或有之,诗书纪载并无,算不得。"香菱道:"前日我读岑嘉州五言律,现有一句说'此乡多宝玉',怎么你倒忘了?后来又读李义山七言绝句,又有一句'宝钗无日不生尘',我还笑说他两个名字都原来在唐诗上呢。"众人笑说:"这可问住了,快罚一杯。"湘云无语,只得饮了。

"宝"字又覆什么字?自然会想到"玉",但是怎么射过去呢?宝玉成心拿宝钗开玩笑,比如用一个僻典,也可以射过去,便用郑会"敲断玉钗红烛冷"来答覆,于是便合了她的谜。但这个典用得太冷僻,湘云很不满意,讲书上没有这样的话,为什么一会宝玉一会宝钗的呢,香菱因为最近看书看多了,便说这些书上都是有的,宝玉也是有的,宝钗也是有的,便举出例子来,这才让湘云闭了口。这样一种射覆,要具备多少知识啊,有时候一出错,连想都想不到。但那时候的赌局,或者说席间对谈,都是这种风情,雅是雅的,但也闷,文人风情如此。许多人就会这个,也能混个席间熟。这是一种交际的手段,文人的风流。隐语的出现,也跟那个时代有关,大家都不习惯说明话,便用隐语来代替。射覆正好应了这个机,默默地表达着一种默契,重在意会而轻言传了。

不过后来这种形式的射覆也真的失传了,即便今日的酒会,也不再出现这种游戏。究其原因,我想还是太闷所致,谁愿意天天说隐语呢?日常的生活也没有那么多信息要传达,因此也并不

诗歌里的中国

是非要用隐语不可。明清文人也早已意识到这种游戏的不便，清代洪昇就说过，这种游戏太"絮烦烦"。其实人们也说不清什么叫射覆，因为它早不是汉朝时的本来样子，也只是一种酒戏的结合罢了。它不是一种精致高雅的游戏，只是沾了些雅味；藏在一个壳子里，话也不明说，远远比不上那些吆五喝六的樗蒲之类。这样的游戏，靠的是机关智慧，而失去了其娱乐的本来意图。这可能也是它消失的原因。

玩法

射覆的玩法如前所述，还有一个要点就是，它是一种隐形的谜语，不是让人猜不出来，而是最好不要说出来，这才像射覆的味道。即如清人酒戏的感觉，就像演戏一样，打的都是哑谜。它早不是汉朝时那种隔板猜物了。这种游戏考验的是知识品味和对事物的把握能力，还有随机应变的能力。这是相当考验人的功底的，如考试作文似的，腹稿需瞬间完成，才能在这项游戏中获胜。

◆五代南唐周文矩仙姬文会图 卷（局部）

本幅以青绿山水描绘宫苑内众女仙群集文会。

无题

唐·李商隐

昨夜星辰昨夜风①,画楼西畔②桂堂东。
身无彩凤双飞翼③,心有灵犀一点通④。
隔座送钩⑤春酒暖,分曹射覆⑥蜡灯红。
嗟余听鼓应官去,走马兰台类转蓬⑦。

李商隐(813—858),字义山,号玉溪生,怀州河内(今河南沁阳)人。唐代著名诗人,工诗文,文采瑰丽,喜用典故,其咏史、吊古诗,怀古伤今,最有味道。著有《李义山诗集》《樊南文集》。

诗歌里的游戏

主旨

　　这首诗写缠绵不尽之情,心思悠悠,不能常聚。全诗深情绵邈,又迷离恍惚,令人难解。

注释

①昨夜星辰昨夜风:这是昨夜的浪漫了,我已经记不清楚了。《尚书·洪范》:"星有好风。"这是讲那个时光过得真快,就像星辰与风一样,也只是刹那间呈现。

②画楼西畔:雕梁画栋的楼的西边。我们相聚在那个地方,这是写相思地,定格在那个地方,再也遗忘不了,仿佛那里的雕梁画栋,都印在脑海里一样。而这些都是昨夜星辰昨夜风了啊,相会是那么难,这就是我念念不忘的缘故。

③身无彩凤双飞翼:我没有彩凤那样的燃烧着的翅膀。《左传·庄公二十二年》:"凤凰于飞,和鸣锵锵。"这是写我心中燃烧着的火,的确不会长久。

④心有灵犀一点通:但是我像灵犀一样跟你心灵相通啊!《南州异物志》:"犀有神异,表灵以角。"

⑤隔座送钩:昔人有藏钩之戏,隔座送钩者,送之使藏,古人酒令尚有遗意。

⑥分曹射覆:古人有射覆之戏,覆碗底之物,令众人猜。这是一种游戏中的戏谑,猜着猜着,蜡灯就红了。

⑦走马兰台类转蓬:我在兰台衙门里转来转去,就像飘蓬一样。我何时再能与你相见啊,这只是托辞,说是应官不能相见,实际上是一种诀别之感,我们从此就画楼西畔桂堂东吧,永远留住这个记忆。

诗里诗外

李商隐的《无题》诗享誉中外,很多人都说这是看不懂的东西,其意之朦胧,用典之生僻,都难倒了很多读者。有句诗叫"诗家总爱西昆好,独恨无人作郑笺",就是说他的诗难懂。然而他写的是什么境界呢?心绪之迷离,其实每个人都经历过,他只是把它描绘出来,开辟了一个新的世界。

他还有一首《宿骆氏亭寄怀崔雍崔衮》:

竹坞无尘水槛清,相思迢递隔重城。
秋阴不散霜飞晚,留得枯荷听雨声。

这是真正的晚唐风格,我们看那水槛的清幽,我对你的相思隔着数座城啊!秋天就这样过去了,来到了霜满地的时节,我把枯荷留下来,听听淅沥的雨声。这种清幽感是萧瑟寂寞的。晚唐诗都有这种风范,如温庭筠《商山早行》:"晨起动征铎,客行悲故乡。鸡声茅店月,人迹板桥霜。槲叶落山路,枳花明驿墙。因思杜陵梦,凫雁满回塘。"这往往也感染了后世的歌曲创作。我们看到那些诗人的境界,往往跨越千古,继续影响着今天的文艺创作,这是一种潜移默化的归宿感,写诗必归此处,说不出来的话语就传递出来了。

曲水流觞

科普 //

曲水流觞，是古人饮酒时为助酒兴进行的一种游戏，酒杯放在弯曲水流的上游，任其漂流而下，参与游戏者环坐水流旁，酒杯停在哪个人附近，便由他取来饮酒。

历史

曲水流觞起源于何时呢？都说起源于上巳节。按干支纪日法，每年（农历）三月上旬的巳日，为上巳节。后来固定在（农历）三月三日。《续齐谐记》上说："晋武帝问尚书挚虞曰：'三日曲水，其义何指？'答曰：'汉章帝时，平原徐肇以三月初生三女，至三日俱亡。一村以为怪，乃相携之水滨盥洗，遂因流水以滥觞。曲水之义起于此。'帝曰：'若如此谈，便非嘉事。'尚书郎束皙曰：'挚虞小生，不足以知此，臣请说其始。昔周公卜成洛邑，因流水以泛酒。故逸诗云："羽觞随波流。"又，秦昭王三月上巳置酒河曲，有金人自东而出，奉水心剑曰："令君制有西夏。"及秦霸诸侯，乃因其处立为曲水祠。二汉相沿，皆为盛集。'帝曰：'善！'赐金五十斤，左迁挚虞为阳城令。"由此可见，曲水流觞有着复杂的起源，有为女祈福的，也有周公的事，还有秦霸诸侯的，但总在三月三日举行，这是一个总起的因由，成为一种惯例。

许多文人都喜欢曲水流觞的意象，因为它寄托了最美好的文人之思。南宋吴自牧在《梦粱录》里写道："三月三日上巳之辰，曲水流觞故事，起于晋时。唐朝赐宴曲江，倾都禊饮踏青，亦是此意，右军王羲之《兰亭集序》云：'暮春之初，修禊事。'杜甫《丽人行》云：'三月三日天气新，长安水边多丽人'，形容此景，至今令人爱慕。"那时候的风景，多少文人雅士聚在一起，做起风流雅事来，这是多么伟大的千古名唱，不可复制的人生，这到后世便不见了，怎不令人伤感。

◆宋李公麟画丽人行 卷(局部)

本幅根据杜甫《丽人行》一诗,描绘秦、韩、虢三国夫人出游的景象。

魏晋南北朝之时，上巳节是举行修禊仪式的节日。什么叫修禊呢？它指的是祓除不祥，现代人已经很陌生了。《荆楚岁时记》上说："三月三日，士民并出江渚池沼间，为流杯曲水之饮。是日，取鼠曲汁蜜和为粉，谓之龙舌𩻛，以厌时气。"那时候的人们，都相信自然之气有时会产生不祥，所以必借三月三日这个吉祥所出之日，来补益身心，这本身就有了风流的味道。《南岳记》上说："其山西曲水坛，水从石上行。士女临河坛，三月三日所逍遥处。"而这种风流，又必借山水之势而行，这符合中国的自然观。它有时候是一种国家举办的典礼。司马彪《礼仪志》说："三月三日，官民并禊饮于东流水上。"弥验此日。这种气氛是很欢愉的。成公绥《洛禊赋》也说："考吉日，简良辰，祓除解禊，同会洛滨。妖童媛女，嬉游河曲。或振纤手，或濯素足。"这种欢愉的气氛下，很容易诞生出艺术作品，王羲之的《兰亭集序》，便是这种氛围下的集大成之作。这次雅集，也形成了一种独特的文人文化，许多东西，都从这次雅集中体现出来了。这种文人氛围的渲染，铸就了中国文人的灵魂。它还形成了一种独特的曲池文化，像流杯亭、流杯渠之类的雅玩，从此就刻印在中国文化中。它还形成了一种园林气氛，为后世的园林开辟了一条道路。王公一写，等于为中国文化别开生面，这是必须要指出来的。

曲水流觞在后世形成了一种独特的园林取象手法。在晋朝，人们便已经学会借助山形之势，而行曲水流觞之风雅。这种风雅演化成一种园林的意象，竟成一种定制流传下来。《南齐书·礼志》引陆机云："天渊池南石沟，引御沟水，池西积石为禊堂。跨水，流杯饮酒。"这便是西晋时的风雅景象,他们已经产生了艺术自觉,对这种雅事做模仿。几处记载都有这种类似的描述,可见在西晋时,园林便已经流行起来。那时候的贵族,虽然未必都如王公般风流,也没有那么高的艺术修养,但都知道,这是千古流传的雅事。曲水流觞之中,传递着人们的情感,在风和日丽之时,畅抒己志,无论是贵族还是文士,都能感到舒畅。后赵的暴君石虎,也曾建起华林园,学习这种风流。《邺中记》中记载:"华林园中千金堤,作两铜龙,相向吐水,以注天泉池,通御沟中。三月三日,石季龙及皇后百官临池会。"可见这种形式已深入人心,这也可见那时的园林建造已经很成熟了。无论是文人的赏玩,还是帝王将相的附庸风雅,都可表明,曲水流觞这种形式,是中华优秀传统文化的瑰宝,有着民族精神的象征作用。

唐朝的上巳节虽然仍被当作节庆庆祝着,但多少少了一些风流味道,更像一场狂欢。李乂《奉和三日祓禊渭滨》中说:"上林花鸟暮春时,上巳陪游乐在兹。此日欣逢临渭赏,昔年空道济汾词。"已成一种游乐的氛围,不是风雅的味道。那时候每到上巳节,曲江两岸"彩幄翠帱,匝于堤岸,鲜车健马,比肩击毂",有点像今天过年的味道,倒是比年时更加盛大似的。穆宗长庆三年(823)有规定,说是"每年上巳、重阳日,如有百官宴会,宜每节赐钱五百十贯文,令度支支给",这是给足了过节的费用。相比之下,曲水流觞这种传统的形式,便变得少有人问津。

宋代的上巳节,曲水流觞稍有恢复,或者说重新受到了重视,大约也与古文化复兴有关。辛弃疾有词写道:"曲水流觞,赏心乐事良辰。兰蕙光风,转头天气还新。明眸皓齿,看江头、有女如云。折花归去,绮罗陌上芳尘。能几多春?试听啼鸟殷勤。览物兴怀,向来哀乐纷纷。且题醉墨,似兰亭、列序时人。后之览者,又将有感斯文。"(《新荷叶》)这是写上巳日的游览胜景,你看那江头众女,又有这啼鸟纷纷,让我想起了古时的兰亭啊,我这文章,又将引起后人的兴叹了。这是辛弃疾的感慨,那时的曲水流觞,多了几分苍凉之意,这本是春景,似乎多了几分秋意,这是宋人的意象,百事苍凉,不得不有的。然而文化究竟是恢复了,《兰亭集序》的雅情,还存在于士大夫心中,这时的心态,便如中年时候的感旧,不再那么爽朗吧!

流觞亭的建造也很费功夫。即如王羲之的兰亭,它本来只是一个邮亭的性质,而被改造成现在这个风雅兰亭。这便存在一个假设,如果没有这个亭,是否还有《兰亭集序》的出现?《水经注·渐江水》记道:"湖南有天柱山,湖口有亭,号曰兰亭,亦曰兰上里。太守王羲之、谢安兄弟,数往造焉……太守王廙之,移亭在水中。晋司空何无忌之临郡也,起亭于山椒,极高尽眺矣。亭宇虽坏,基陛尚存。"这是记述兰亭的起源,也并不如传说那样,是王羲之建造的,但这透露一个消息,它毕竟是王羲之的事功之地,成了一种典型的象征,被后人凭吊。这就是兰亭的意义,这个亭的存在本身,便隐喻着曲水流觞的真精神。

到了唐宋时,流觞亭的建设成了一定规模。唐朝就有流杯亭的建设,不过那时候叫临渭亭。《旧唐书·中宗本纪》中记载:"三月甲寅,幸临渭亭修禊饮,赐群官柳棬以辟恶。"到了宋朝更是成为风尚。《类编长安志》中记载:"兴庆池北众乐堂后有宋太尉张金紫所构流杯亭,砌石成风字样,曲水流觞,以为祓禊宴乐之所。"这就是唐宋都有的一种风尚。很多私家也引入了流杯亭,以作主人观园之赏。那时候置酒传杯是一种习惯,又引回了晋朝的风流。流杯亭的建设,也由先前的庞大建筑向微缩版演化。我们可以看到,宋朝的贵族,处处模仿晋朝的风流,似乎那才是正宗。他们拼命追步古人,模仿前贤,想找回当时的风流。这是很可叹的事情。沧桑已过,他们的热情,终究蒙上了一层灰色,在历史的尘埃里,不复古时的味道。

曲水流觞与中国文化有莫大的渊源,它的那种文化意象,从山水出发,引申出一系列的文化感觉。那种山水的气象,所有的文人雅士,都要休憩在此间,与山水对话,享受这种闲情逸致,做种种教本上没有的工作。人们尤其是知识分子的灵魂,在此间得到了升华。在这样一个环境中,文人雅士跟普通人一样,山水与人相对,闲情就是正情,没有什么三六九等的差别,都铺写在一片山水情怀中。于是,人们终于在这里找到一个出口,吐露那种压抑沉闷的胸臆,这是魏晋时期特有的文化现象。受此影响,后来的人们也在山水之间找到了一片天地,放任自流,就像曲水流觞一样,任杯停转,泛到则饮。这是中国文士的风流自赏,有独特的民族特色。相信我们会继承这种精神,开拓出一片新的风流境界。

◆清乾隆四年黄振效雕象牙兰亭修禊小插屏

全器雕成一节竹片形，正面浮雕芦雁图，在参差错落的芦苇中，六只鸿雁或飞翔，或游水，或觅食，或昂首。凹面高浮雕兰亭修禊图，于山水竹石楼阁间，数十人物或站，或坐，或卧，或展卷，或执笔，或取曲水中之流觞，不一而足。

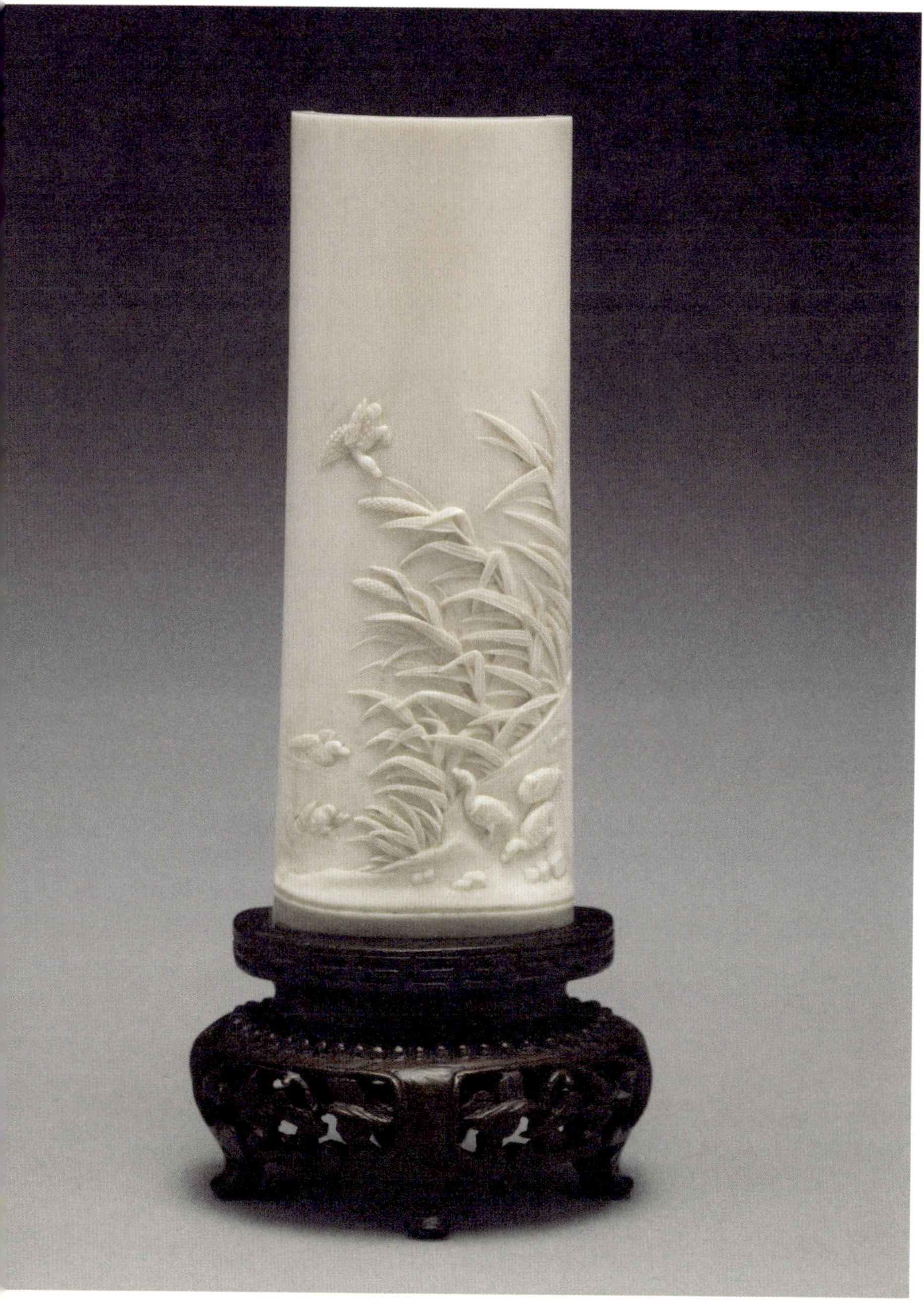

玩法

曲水流觞讲究的是一个传承次序感,依次喝酒,然后觞酌自适。在一亭园,分宾主坐下,让溪水流经每人跟前,盛酒用的一般是木盏,停下即可饮酒。这时候讲究的,是一种风流自适的味道。

三日书怀因示百僚

唐·李适

佳节上元巳,芳时属暮春①。
流觞想兰亭,捧剑得金人②。
风轻水初绿③,日晴花更新。
天文信昭回④,皇道颇敷陈。
恭己每从俭⑤,清心常保真。
戒兹游衍乐⑥,书以示群臣。

李适(kuò)(742—805),唐朝第十位皇帝,史称德宗,代宗李豫长子,在位二十七年,早期颇有中兴气象,后遇泾原兵变,出逃奉天,善属文,工诗,《全唐诗》收其诗15首。

诗歌里的中国

主旨

此是写唐德宗李适自俭之意,臣工们是可以玩乐的,朕还是要克俭自制。

注释

① 芳时属暮春:正好遇到暮春时节的佳景。这是写心情好,我终于可以开怀地乐一乐了。

② 捧剑得金人:我捧起剑来就想到了孔子的金人。孔子尝入周观庙,见庙堂石阶前有金人,说是"古之慎言人"。唐德宗说自己不能参与游乐,还是不说话比较好。此是谦词,也有忧患之意,这个形势来之不易啊,我怎么好玩乐呢?

③ 风轻水初绿:风和日暖,水中荡漾着浮萍。这也是写春日的光景。

④ 昭回:星辰光耀回转。昭,显。

⑤ 恭己每从俭:我还是清俭一些比较好,这样江山守得稳。为什么这样说呢?这不是突发其辞,因为亲见玄宗奢侈致败,故有此叹,其实也是有口无心,唐朝民风如此,帝王也不可能尽敛其欲,这是政治姿态。

⑥ 戒兹游衍乐:我还是稍微敛束一下心情,因为惊魂未定。但我还是很高兴的。这是一种复杂的心情。

诗歌里的游戏

诗里诗外

唐朝到底什么时候中衰的？这个问题仁者见仁，智者见智，有人说李隆基还有回天之力，只要打赢几个漂亮胜仗就行了，尤其是冀北，犯了战略性错误，不应该先收两京，如能拿下冀北，唐朝可以再度兴盛。事实证明也确是如此，因为急于收复两京，耽误了大量的时机，藩镇死而不绝，成为一大后患，直到晚唐。这也就是帝王太心浮气躁的缘故，有什么能比京师更重要呢？这是政治性正确，不是从军事角度上讲的，所以你也不能说他错，但终究丧失了时机，留下了千古遗憾。我们不能苛责德宗的不济，他是想中兴的，初期气象也不错，但任用卢杞就是败笔，这是失了前蹄，用人不当，最终酿成泾原兵变，要靠李晟来平叛，才能回到关中，晚年也颓丧了，电影《妖猫传》上说他是惊悸而死，未尝没有几分真实。一个饱尝世变的人，和他父亲一样，没过过什么安稳日子，这就是唐德宗，我们应该尊敬他。也许就因为此，他的庙号才是一个德字，表尊敬之意。

那时候的唐朝大船，到底走到哪里了呢？其实到代宗时就已经走到了中途的十字路口，也不知道何去何从，中途难济，这是王朝兴衰的规律，我们不好说那个时代是不是已经转衰了。唐朝的庙号很独特，比如说一个玄字，是说玄宗这个人实在不好评价。而代字呢？是说到一个阶段了，其实也暗含了转衰之意，看有没有起色吧。其实都是大开大合的历史判断，所以说唐朝真是不可思议，许多事情都不能按常理来判断，其历史功过，比天难知。

风筝

科普 //

风筝,一种玩具,以竹骨糊纸,引线乘风而飞升,以为游戏,又称"纸鸢"。

诗歌里的游戏

历史

　　风筝是谁发明的呢？各有各的说法，有人说，最早的风筝出于墨翟之手，他用木头制成木鸟，做了三年才做出来。然后鲁班又改良了它，把它换成竹器。到了东汉，蔡伦改进了造纸术，人们开始用纸做风筝，这就是风筝的起源了。

　　许多国家都有放风筝的习俗。危地马拉人把每年11月1日定为风筝节，那时候还举行风筝比赛，要尽量往高处放，不要让风筝掉落下来。其他很多国家都有风筝节，像美国，每年5月，在波士顿都要举行盛大的放风筝仪式。这是发达国家举办的节日，引领了很多风潮，日本在东京就有一个风筝博物馆，存了3000多种风筝，英国也建立了自发的民间组织"风筝玩赏者协会"。瑞典每年5月也要举办风筝节，许多家庭都热情参与其中。可见这是一个普遍的仪式，许多国家都乐于参与，这是一项有益身心的活动。

　　马来西亚人也喜欢放风筝。他们那儿有一个传说。有一次，一个农民在田里遇到一个小女孩，他见女孩可怜，便带回家来抚养。自从带回这个女孩，庄稼的收成越来越好。但是，农民的妻子越发不满，因为女孩越来越漂亮了。她起了嫉妒之心，要将女孩赶出家门。把女孩赶出家门后，收成再也不好了。人们渐渐明白，这个女孩就是稻神。人们求神问卜，问怎样才能得到稻神的原谅，一个人告诉乡民，要做一个漂亮的东西，放到空中，稻神看见了，就能原谅村民。人们便做了风筝，这便是风筝在马来西亚的起源。

　　阿富汗作家卡勒德·胡赛尼的著名作品《追风筝的人》，便写了两个截然相反的人。阿米尔只会切断别人的线,是一个出色的"风筝斗士",而哈桑只会捡别人断了线的风筝,成为"追风筝的人"。这是阿富汗的一项传统,然而追风筝的人怎么做呢?风筝斗士又怎么做呢?这就折射出不同的文化效果造成的不同文化趣味,这也是值得注意的地方。

中国古代民间却不是这个样子,不会把断了线的风筝据为己有,因为人们认为这是晦气之物。《红楼梦》里写道,宝玉有一次拾到了一个大蝴蝶风筝,他立即知道是谁的,便要还给失主,探春阻止道,再还回去就是忌讳了,黛玉也说,这就是放出去的晦气,还回去干什么呢?这就是一种传统,对待风筝的不同态度,折射出不同的文化色彩。

但有时候中国也有类似剪风筝线的习俗。《武林旧事》记载:"小泊断桥,千舫骈聚,歌管喧奏,粉黛罗列,最为繁盛。桥上少年郎,竞纵纸鸢,以相勾引,相牵剪截,以线绝者为负,此虽小技,亦有专门。爆仗、起轮、走线之戏,多设于此,至花影暗而月华生始渐散去。绛纱笼烛,车马争门,日以为常。张武子诗云:'帖帖平湖印晚天,踏歌游女锦相牵,都城半掩人争路,犹有胡琴落后船。'最能状此景。"这就是武林那一带的风情,剪风筝也是一种游戏,到了晚上,那种湖光山色,醉人心魄,尤成佳景。这是多么醉人的一派画面,南国的风光,尽显此态,让人老醉其中,也是可以的。这是周密的绝笔。

然而不同的视角,对待风筝的态度就不一样。比如说放风筝的人,他更关注的是风筝的耐久性,能不能放得高、放得远,线能不能收得回来,还有比别人强在何处。那看风筝的人呢?他看着天上的风筝,想到的是什么事呢?高旷之思有之,闲适之思有之,悲伤之思有之,都是不同的情绪,反映在风筝上,这与放风筝的人的心绪不同。我们看到,许多放风筝的人,渐渐地,也就变成了看风筝的人,他们也感动于自己的风筝,渐渐地将情绪投入其中,成了天上的归客。

有时候确实用风筝来放掉灾晦。《风筝谱》中有记载:"西北各地,民多山居。每届立春之后,春风紧猛之时,每村辍于事前扎一巨大之风筝,其形长方,中间略有凸势,用巨绠百丈,携往山巅,数十人共放之。待风筝上升,愈放愈高,至群力不能胜时,则以刀断绠,任风筝摇曳而逝,名之曰放灾。谓如此则将合村之灾晦,放诸异地,通年可安享太平矣。"这是引他人之流,而融自己之灾,实在有点不太厚道,但风筝越放越远,看着这些东西飘逝,心里也就畅快许多,这就是人的情绪,释放了出去。这是古法,今人仍在使用,换取一年的利市。

许多风筝都有美好的图案,画在风筝上,是一种吉祥的象征,代表一种吉祥的寓意。我国历来有这个传统,把吉祥的图案放到风筝上,表达一种美好的向往。不同的地方有不同的习俗,我国有六大风筝产地,潍坊、阳江、南通、天津、开封、北京,都有不同的风筝图案,表达不同的寓意。

潍坊是第一风筝产地,那里有一座奇怪的鲁班雕像,他拿着的并非锯子斧头之类的工具,而是一个鸟一样的器物,这不禁使人思考其用意。古时候有"公输般为木鸢以窥宋城"的记载,在潍坊到处可见一个"鸢"字。他造了一个仿生器物,模拟鹰的飞行,这大概就是其寓意吧。潍坊风筝做得好,就是对鲁班这种精神的传承吧，它是一种人类冲天的精神，很像鸟儿飞翔一样，舒展着自己的翅膀。这就是潍坊风筝精神，千年传承下来，成了一种传统，传到现在。

潍坊风筝的特点是清新质朴，富有生活气息。它与北京风筝不同，那种华丽大气的风格，只能产生于京城脚下的皇城根文化里，讲究的是一种华贵和庄严。它跟天津风筝也不同，天津卫的文化，人文气息很重，讲究的是文人趣味，暗含着某种文化色彩。齐鲁大地上的潍坊，更像那里的民风所显示出来的，有一种苍凉的古劲，那种朴拙感，正是齐鲁大地的色彩，积淀在文化中，形成一种独特的地方特色。

到了唐朝，已经有了很成熟的风筝文化。徐夤《溪隐》诗写道："将名将利已无缘，深隐清溪拟学仙。绝却腥膻胜服药，断除杯酒合延年。蜗牛壳漏宁同舍，榆荚花开不是钱。鸾鹤久从笼槛闭，春风却放纸为鸢。"这是写一个老神仙，绝却延年之念，开始大放情怀的诗，他尽管还过着禁欲的生活，却已将心思打开，打算大放纸鸢了。那时的风筝制作工艺很发达，许多形状都能制出来，像鹰形、凤形、乌形，各种鸟都能模仿得惟妙惟肖。它能放得很高，几十百丈都有可能。天空里飘着残云，看着风筝的远去，能够抒发滞闷的心情。

唐朝的风筝可以用于军事，有时候求救就靠风筝。《新唐书》中记载，田悦叛唐，围攻张伾，张伾求救，放出纸鸢，田悦派军士射之，高不能及，张伾终于盼来援兵，解了田悦之围。历史上常有放出纸鸢，却被对方射落者。张伾之所以求救成功，就是由于风筝手艺的高明，这才解了难。可见那时候的风筝制作，达到了一种相当高的水平。

但风筝有时候误打误撞,被人读成了另一个名字。唐代的风筝其实叫"纸鸢",但唐诗中有三首专门写"风筝"的诗:

司空曙《风筝》:

> 高风吹玉柱,万籁忽齐飘。飒树迟难度,萦空细渐销。松泉鹿门夜,笙鹤洛滨朝。坐与真僧听,支颐向寂寥。

鲍溶《风筝》:

> 何响与天通,瑶筝挂望中。彩弦非触指,锦瑟忽闻风。雁柱虚连势,鸾歌且坠空。夜和霜击磬,晴引凤归桐。幽咽谁生怨,清泠自匪躬。秦姬收宝匣,搔首不成功。

高骈《风筝》(一作《题风筝寄意》):

> 夜静弦声响碧空,宫商信任往来风。依稀似曲才堪听,又被移将别调中。

这三首诗,写的是不是风筝呢?尽管叫"风筝"的名,它们写的似乎是一种乐器,那清泠的意象,怎么可能是风筝呢?然而事情往往不是那么简单,千百年来流传下来,尤其是明清以来,都将此作为写风筝的诗来看，这就造成了误读。那风筝是什么感觉呢？飘摇高举，清泠无二，直向高空，这是混合成的意象，误打误撞造成的，从此也就成了风筝的传统感觉，积淀在记忆中，或者说在文人的心里，成了风筝的标准感觉。这就是说，有时候流传下来的不一定是真相，往往是一种误读的景象占据着人们的心灵，而成为一种标准态势。文学史上也常常出现这种情况，人们读到的不是原本的内容，而是流传下来的大家普遍接受了的意象。即如风筝，这种飘摇之感，凄凉之状，渐渐笼罩人们的心灵，鲁迅的《风筝》，也是这种诗化的产物，那种悲哀感，是一脉相承的，已非风筝原来的意象了。

风筝可以寄托哀思，即如诗中表现的那样。古代人们扫墓，把纸钱串在花环上，让风高高吹起，这便寄托了对亲人的思念。白居易《寒食野望吟》写道："丘墟郭门外，寒食谁家哭。风吹旷野纸钱飞，古墓累累春草绿。棠梨花映白杨树，尽是死生离别处。冥冥重泉哭不闻，萧萧暮雨人归去。"这是多么苍凉的景象，纸钱在墓碑前飞舞，人却已逝，这种飘摇感，与风筝如出一辙。这种伤感，飘扬在空气中，随着风逝去，来到远方，不就是人类心中最美好的情怀么？久久不能回望，天涯路断，皇城秋草，日暮乡关，这些意象，无非表达了这个东西。我们看到，即便是到今天，有时候清明扫墓，放一堆纸钱，依然能看到风筝的意象，飘摇在其间，久久不能望断。这便是一种传统，对亲人的尊重，让其在远方的他乡，不至于寂寞，仿佛有个伴似的。这就是风筝的功效，然而已不是当初的意思了。

有时候排遣寂寞也要靠风筝，这主要是女子来用。女子有多伤感呢？是不是每人都像林黛玉呢？在深闺之中，有礼教的防嫌，很多时候都是不自由的。她们要想自由一点，就趁清明这天，做上一个风筝，到郊外去，还不能跑远，去把风筝放掉，就像《红楼梦》里所说的那个样子。这样的天气里，去放一个风筝，放松心情，是最好不过的了。她们放的目的也有不同，有的渴望爱情，有的向往知识，有的渴望自由，风筝有不同的形状，表达了不同的意思，比如说，燕子表达对知识的渴求，蝴蝶是向往自由，花朵则是爱情。她们这点小小的愿望，也只能通过这种方式，向老天祈求着，这跟现代女子完全不一样，是根本无法想象的。新嫁娘，有时候最有这种愿望，表达一种回乡的渴盼。有的女子，不方便表达这种感情的，也要借诗词委婉地传递出来，或者通过丫鬟，偷偷地把风筝放掉。这是即便李清照也免不了的事。她有时也通过风筝，表达刻骨的相思。这就是一种情结，通过风筝，传递出一些不易传递的情感，自古以来在风筝上寄托了多少哀情女子的悲伤。古代的礼教是不可想象的，它禁锢着女子的自由，仿佛女子是一件物品，不准越雷池一步似的。那就是古代女子的悲哀，千百年来，被压抑着，也不见人来写，像《红楼梦》这样的书实在是太少了。

风筝直到今天还流传着，成为一种游艺，每至春日，或者秋高气爽的时候，只要风和日丽，大家都走到郊外，做一番野田之游。这时候的风筝，已经没有那么多哀怨的意思，更像是一种相思感，表达某种意绪。我们看到，我们这个时代的风筝，更多的是秋高气爽时候的玩物，表达一种高兴，放飞的是希望和明天。孩子们乐啊，游啊，家长也乐在其中，其实早不是古时候风筝的意思了。那些往古的东西，飘逝在时间中，那些情绪，流离在时间里，已经散成云烟了。

玩法

制作风筝需要用到浆糊、纸刀,需要用竹篾把风筝的骨架做成,把纸型贴在竹篾上;再用风筝起线,线须长,最好有轴承来作拴束。有时候要固定好风筝的尾部,以保持平衡。

放的时候须挑晴天,注意找空旷地带,不要在打雷闪电时放风筝。春风和煦的时候最适宜,或者秋高气爽时,也是放飞风筝的时节。

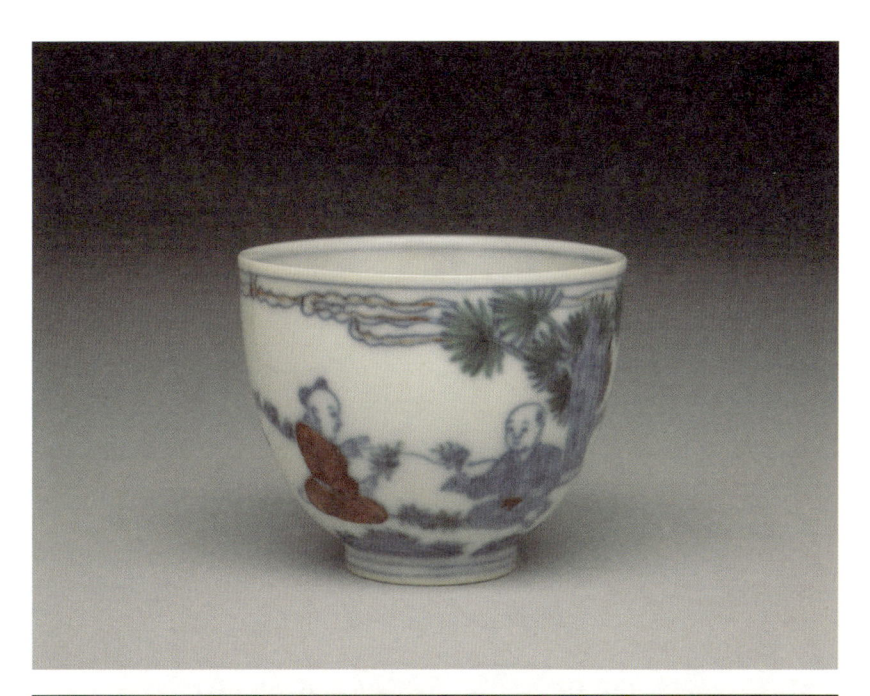

◆明成化斗彩婴戏图杯

外壁彩绘五童嬉戏图，一组孩童采青，另一组则玩放风筝。

寒食日早出城东

唐·罗隐

青门欲曙天,车马已喧阗①。
禁柳疏风雨②,墙花拆露鲜③。
向谁夸丽景,只是叹流年④。
不得高飞便,回头望纸鸢⑤。

罗隐(833—909),字昭谏,本名横,唐末诗人,长于咏史,多所讥讽,后改名隐,晚归钱镠王,官至谏议大夫、给事中,著有《谗书》《罗昭谏集》等。

诗歌里的游戏

主旨

此是写欲上而无门之感,借纸鸢来表达。

注释

① 青门欲曙天,车马已喧阗:青门,汉长安东南门,后泛指宫城门。天刚拂晓,宫城门内外就已经车马喧阗,热闹非凡。我徘徊在宫门外,看着宫里宫外的人进进出出,一派忙碌景象。

② 禁柳疏风雨:大内的柳树疏疏历历地经受了一夜的风雨。这是写风雨疏隔之状,暗示着这个已经风雨飘摇的时代,这是讽刺。

③ 墙花拆露鲜:宫墙上的花朵缀满雨滴,像掰开的露水一样新鲜。这墙花开得多么鲜艳,可是有什么用呢?时势已经不是那个时候了。

④ 只是叹流年:只能感叹流年长逝了。这是亲身经历很多变故之后的感情,那些宫城的丽景有什么可说的呢?我只是感叹我的岁月易逝,时光都跑掉了啊!

⑤ 回头望纸鸢:回头看看天上飞的风筝。这也是讽刺的写法,我就像这个纸鸢一样,甚至还不如它,它至少还能飞到天上去,我却不得高飞。

诗里诗外

到晚唐风雨飘摇的时候,有几个人说真话呢?也就罗隐了,他的《谗书》，鲁迅说"几乎全部是抗争和愤激之谈"，这样一个人，写出来的文章，跟鲁迅有很相似的地方，我们说，这是千古知音，罗隐因鲁迅而出名了，要不然谁记得他呢？我们看他的文字，说说笑笑，离不开一个讽字，那是时代气氛使然，风雨飘摇的时势，能不写这样的文字么，若反过来歌咏升平，倒不像个话了。

但他的身世很坎坷，十举不第，民间有被拆了龙骨的传说，就是说罗隐本来是能当皇帝的，但一身"龙骨"全给雷公拆光，只剩下一张所谓的"圣旨口"。

但他晚年还是不错的，归了钱大王，在吴越地带优哉游哉。那时候唐实质上已经亡了，也不知作了多少悼文，像他这样的人，可能也有过出家之念，后来入道，算是了了一桩心事。钱大王对他很不错，算是抚了英雄失路之情。我们常常想到这样的情景，钱镠对罗隐说："唐朝已经完了，只有这里才好，留下吧！"这就是英雄失路，罗隐终生承受着这种感情，不得不入道，方能了此一生。

捶丸

科普 //

　　捶丸，一种古代的球类游戏，在地上画线为基，纵横各约一尺，在基的正前方远处掘一个洞穴，即窝，取球放在基内，用棒击之，把球打进窝内为胜。

历史

所谓捶丸，捶就是打，丸是球，捶丸亦即以杖击球，与高尔夫球很相似。捶丸在古代有丰富的历史，它由打马球而来，唐代盛行马球运动，举宫上下，无不从之，大家在竞技场上互相奔逐，以追一日之胜，有些人打不来马球，便寻出一种无需骑马之替代法，谓之步打球，只需以人跑步击之，没有马球那么激烈，宫女纷纷欲试，于是流行宫苑，成为另外一种游艺，成为高尔夫球的祖先。

捶丸一词正式出现在北宋晚期。那个时候，捶丸的基本方法，已经在社会上广泛流传了。元朝出版发行了关于捶丸的专门著作《丸经》。据《郑堂读书记》记载，当时"天下隆平，边陲宁谧，将帅宴安于櫜弓服矢之际，士卒嬉游于放牛归马之余"，只想着嬉游了，于是捶丸作为一种游艺，在那时候成熟发展起来，成为一项系统的运动。

《丸经》是那时的集大成之作，对捶丸的许多方面都作了规定，像球场设置、场地器材、比赛规则、参赛人数、裁判法则，都有明确的记录。其序言说捶丸的功效在于"收其放心，养其血脉，而怡怿乎精神者矣，不以勇胜，不以力争，斯可以正己而求诸身者也"，像一个广告词，仿佛可以养生，然而其养生的功效在于正己，这显然是受了儒家的影响，欲纳其于轨范，就像围棋一样。很多方法都在此书中得以确立，成为一种游艺的标准。

捶丸既然是马球大众化的结果，其产生之初便有着广泛的群众基础，当时的官宦阶层学习捶丸的兴趣非常浓厚，在上流社会中，

诗歌里的游戏

儿童捶丸更是比比皆是,南宋范公偁《过庭录》里记载,范仲淹的外甥滕元发小时候聪明好学,但沉迷于捶丸,有一次与人捶丸,竟耽误了学校功课,被范仲淹撞见,范仲淹一怒之下砸了捶丸之球。《东轩笔录》中也有一个故事,县令钟离君的女儿出嫁时,得到一个婢女,有一天婢女拿着扫帚扫地,见地上的洞穴,潸然泪下,钟离君的女儿问她为何哭泣,说是看到洞穴,就想起小时候她父亲教她捶丸的情景,所以伤怀。两个故事都表明了捶丸在宋朝的普及程度,人竟为此废学,或者伤情于此,成为一种情感的寄托。一项大众化的运动,竟普及到如此程度,实在有些不可思议,捶丸的魅力,可见一斑。

捶丸的方式,在《丸经》中有详细的记载。捶丸场上最显著的特点是设球穴,球穴边插上彩旗为标记。捶丸所用杖亦不一,有"撺棒""杓棒""朴棒""单手"等,球则用赘木制成。捶丸比赛时可分组,可不分组,多人参加者为"大会",七八人为"中会",五六人为"小会",三四人为"一朋",两人则为"单对"。比赛依据筹之多少,分为大筹、中筹、小筹,得筹多者为胜。捶丸的玩法,基本就是这样,比高尔夫球要复杂得多。高尔夫球作为其继承,其高旷胜之,但精巧不足,比不上捶丸的丰富,这是要说明的。

捶丸对地形很有讲究。关于场地的土质,《丸经·择利章》有着不同的分类:"土有坚者,有垄者,有燥者,有湿者……地之形也。"不同的土质形成了不同的场地条件,有土质坚硬者,有土质松软者,有干燥者,有潮湿者。不同的土质有不同的打法:"坚者损之","土硬毬难止,力大则远,故减力而击之"。"垄者益之","土松毬难行,故加力击之"。"燥者、湿者随形处之","观土燥湿,随地宜而击"。

土地坚硬之地，球速比较快，击球的力度要小；土地松软之地，球受阻于地，故力度要大。土地干燥或者潮湿，也要看情况而处理。这样，"因地之利，制胜之道也"，"得地利之宜，亦取胜之一端也"。总之要充分利用地面形势，采取不同的策略，方是取胜之道。这跟高尔夫球不太一样，高尔夫球都是在草地，击球更容易实施，不必讲究那么多的地宜，这是现代才会有的条件。许多人说高尔夫球是富人运动，从场地就可以看出来；捶丸就更加平民化，相对于今天的高尔夫，捶丸对场地的要求使它具有了这个特点。

  捶丸风行于宋元明时期，这跟那时候的城市建设有关，也与市民文化的丰富有联系，许多人都直接参与其中，《丸经集序》载："至宋徽宗、金章宗皆爱捶丸；盛以锦囊，击以彩棒；碾玉缀顶，饰金缘边，深求古人之遗制而益致其精也。"也就是说，皇帝也亲身参与其中，装饰都很华丽，很讲究。还有很多壁画也描绘了那时捶丸的画面，像是山东岱庙城墙的修复工程中，就发现了宋代捶丸的石刻，在山西洪洞县广胜寺水神庙的壁画中，还发现了元代捶丸的画面，许多精致的画面都反映了那时的风貌。那时捶丸的参与度，还是相当惊人的，不仅是一项体育运动，仿佛更是一种全民参与的盛典，深入了民众的生活，皇帝也参与其中更是一个证明。我们无法推知那时的具体细节，但其反映的风貌，确实昭示着，像捶丸这样的活动不仅仅是体育运动而已，而且是全民的狂欢。也就是说，狂欢是本色，其附属的游艺刚好衍生出一种体育运动，很多活动都是这样，成就了丰富的古代体育史。

  如果要将捶丸与高尔夫球相比较，大略来看，多少能够看出些渊源。从竞赛规则上讲，《丸经》中规定的捶丸的规则，从其成书之日起，也就是 1282 年就已经明确问世了，而高尔夫球的比赛规则，要到 1744 年才由爱丁堡高尔夫球俱乐部制定出来。从传播的渠道来讲，南宋末年蒙古帝国三次西征，带过去的技艺中，可能就有捶丸，但不知怎么，迟至 15 世纪才在英国问世，但其中还是可以看出不少渊源关系，只是不太明白而已。其大略的形制，居然如此相似，不可能只是一种巧合，然而高尔夫球精减了（捶丸的）丰富性，变得风靡全世界，不可说不是造化的安排，让人叹息。其实，很多文化现象古往今来都是一脉相承的，然而时移世易，换了一种面貌，仿佛从地底下钻出来的，就风靡了全世界，这就有讲头了。且不要论，究竟先是谁发明的，而要问为什么没有延续下来，让别人占了先。许多古代的技艺都是如此，要说文明没有交流也是不对的，总之就那么出来了，让人追怀，追怀往昔的荣耀。

　　捶丸的运动要讲究器械，主要是捶丸棒和球的制造。《丸经·权舆章》记载："权舆、始计也。造衡自权始，造车自舆始，丸准轮，轮量权，权量身。""毬欲量棒大小，棒欲量身长短，相称则利，相欺则不利矣。"将造器械比作造车，制造秤锤与车箱是制造衡器和车辆的开始。捶丸所用之球就好比是车轮，车轮以车箱为标准来制造，球的大小是以球棒为标准来制造，球棒长短是以击球者的身高来制造。球和球棒相称，球棒和击球者的身高相称，使用起来才顺手，发挥才得力；球和球棒不相称，球棒和击球者的身高不相称，使用起来就不顺手，发挥就不得力。这几句文字颇为费解，把制球与制车相比，写出了制球工艺的复杂和根据不同形貌有所区别的特点。我们可以看出，那时的工艺，多以《考工记》为标准，讲究区分细化，甚至有些繁琐，这也是必须精简的缘故，到了后来，高尔夫球果然被简化了，不再根据人体的特征来设计，不知是不是在参考捶丸的基础上删繁就简得到的结果。由此也可以看出，中国古代部分技艺之所以难以普及，过于精致、过于根据个体来设计，缺少普适性，是其中一个缘故。很多东西都这样失传了，不再有那么精致的手艺人，只留下图本，供学者研究、考索，大致的形貌已经丢失掉了，这不得不说是一个遗憾。

到了19世纪末期，西方的高尔夫球开始传入中国。士大夫发现它与古时记载的捶丸有很大的相似之处。捶丸和高尔夫球都有球洞，捶丸叫作窝，高尔夫球叫作穴。两者都以杖击球，杖的形制区别不大。但场地有很大区别，捶丸的场地很多样化，有凸、凹、峻、仰、阻、妨、迎、里、外、平的区分，高尔夫球场则是平法，但有时有些凹凸不平的地段和障碍物，且主要是草地，不比捶丸可以在土上进行。这些都是当时观察到的风貌，由此引起了人们考索的兴趣。

捶丸技艺传续到后代，就远不如宋元时那么普及了。明朝万历时出版的《丸经》曾有一篇跋，说捶丸"考诸传记无闻焉，以为世俗博弈之余技耳"。但还是有皇帝雅好此道，故宫博物院所藏《明宣宗行乐图》中，就描绘了宫中捶丸的场景，图中捶丸的场地、旗、穴，击丸的棒，侍从的位置，都与《丸经》上所说吻合。可见到了明代，它渐渐演变成一种宫廷运动，不再与市井相连，其深藏在宫苑之内，变成了皇家的雅好，以行娱乐而已。即便民间尚未绝迹，也不再那么狂热了。这时的捶丸，更像一种风俗画中的场面，以供观赏而已。

清王朝建立后，清朝贵族推崇本民族的崇尚勇武的习俗，限制过于风雅的汉民族的各种游艺,捶丸亦在其中,这样,捶丸运动失去了其生存的根源,在中原大地渐渐消失了。当它重又回到人们的视线时,已经是西洋传进来的新的东西,间隔不过一二百年,却已经变成了别的样子,已成他人之物,这是让人遗憾的。现代高尔夫球运动,虽然与捶丸系出同源,但毕竟是两个物事。现代高尔夫球传入中国的确切时间待考,据说溥仪是最初挥高尔夫球杆的中国人。

　　捶丸运动到底有什么价值呢?首先是健身价值,正如《丸经》所说,捶丸能够"收其放心,养其血脉,而怡怪乎精神者矣",放松心神,怡养气血,安神补脑,这些捶丸都可以做到,无论是君子,还是市井闲人,都能从中尝到乐趣,这是它的第一个功效。其二是道德价值,"不以勇胜,不以力争,斯可以正己而求诸身者也",不用那么奋进,不用使尽全力,放在自己的位置上,你就可以取得胜利,这就跟马球等其他一些激烈的项目不一样了,它能够怡养人的性情,让人安己尊人,形成一种君子风范,确实有点像高尔夫球,所谓绅士运动者也。其三是体育价值,它的诸多规则,规定得如此繁琐,与现代项目相通,对促进体育事业发展大有裨益,如其中有专门针对公平性的规定,破坏规则者要受到相应的惩罚,这就与现代体育规则相通,对于体育道德的形成,也有很大帮助。

玩法

　　捶丸的玩法基本上如上所述，但有一点必须指出，它是一项群体运动，这跟高尔夫球还是不太一样。众人集体把球打进洞里，有点像曲棍球的味道。

宫词

唐·王建

殿前铺设两边楼①,寒食宫人②步打球③。
一半走来争跪拜④,上棚⑤先谢得头筹⑥。

王建(约768—830),字仲初,唐朝颍川人,大历间进士,工乐府,其《宫词》百首,尤为传诵。

主旨

这首诗写寒食节宫女打步球,不仅参加人数众多、场面热烈,而且评骘名次有奖赏。

注释

① 两边楼:指东西两阙楼。唐时建筑,主殿两侧有东西两瞭望楼,称阙。
② 寒食宫人:宫女在寒食节出来打球。寒食节令往往是游艺之日,那时的宫里弥漫着一股玩乐的气息,像步打球这样的活动,因为简单易行,宫女往往乐于从之。
③ 步打球:马球之简化,以步代马,跟曲棍球比较相似,又是今天高尔夫球之祖先。
④ 一半走来争跪拜:打到一半的时候,皇上来了,大家争着去跪拜他。由此可见唐朝皇上之优容,准许宫女有一些自己的娱乐。
⑤ 上棚:走上楼阁。棚,楼阁。这是写宫女排队致谢之状。
⑥ 先谢得头筹:我们还要继续打呢,赶快拜完皇上,我还要争第一呢!头筹,第一等,步打球(捶丸)比赛根据筹之多少,有大筹、中筹、小筹,得筹多者即为胜利。

诗里诗外

唐朝宫人的活动到底有多丰富,从一些壁画上我们可以看出来。在陕西历史博物馆的地下一层,就有一幅壁画,画着唐朝宫人打球的风貌。那时宫人的游乐,仿佛并不太受帝王约束,只要帝王参与的,宫人也可以参加,那时宫里的球类运动,主要有蹴鞠、马球、步打球、驴鞠四种,可以任人选择。然而帝王的兴趣,则是宫内活动丰富程度的决定因素,所谓上有所好,下必甚焉,讲的就是这个。但宫女的游乐,并不只是如《团扇》诗之类所写的那样,只要承恩受损,就一蹶不振了,她们的青春并不为宫墙所禁锢,常常可以发散出来,成为一道靓丽的风景。如唐代宫人蹴鞠的场景,"球体兮似珠,人颜兮似玉",再如她们打马球的飒爽英姿,"新调白马怕鞭声,供奉骑来绕殿行。为报诸王侵早入,隔门催进打球名"(王建《宫词》)。

不过事实也并不总是如此,帝王的喜好,往往随时转移,有时帝王一怒之下,某个游戏就可能被禁止了。我们看那时宫人的命运,同时要看到两面,她们的悲惨是一面,但是恣肆又是另一面,形成一种复杂的风貌。像李白写的《玉阶怨》:"玉阶生白露,夜久侵罗袜。却下水晶帘,玲珑望秋月。"就是这种感觉。宫人是没有希望的,然而既还活着,就要活出风采,有什么办法呢?只有体育运动了。这才见一点青春,活在记忆中,像一片片尘沙落下,写出时代的苍凉。

◆ 清丁观鹏画唐明皇击鞠图（局部）

本幅以白描笔法画明皇率嫔妃宦臣等共十六人击鞠为戏。

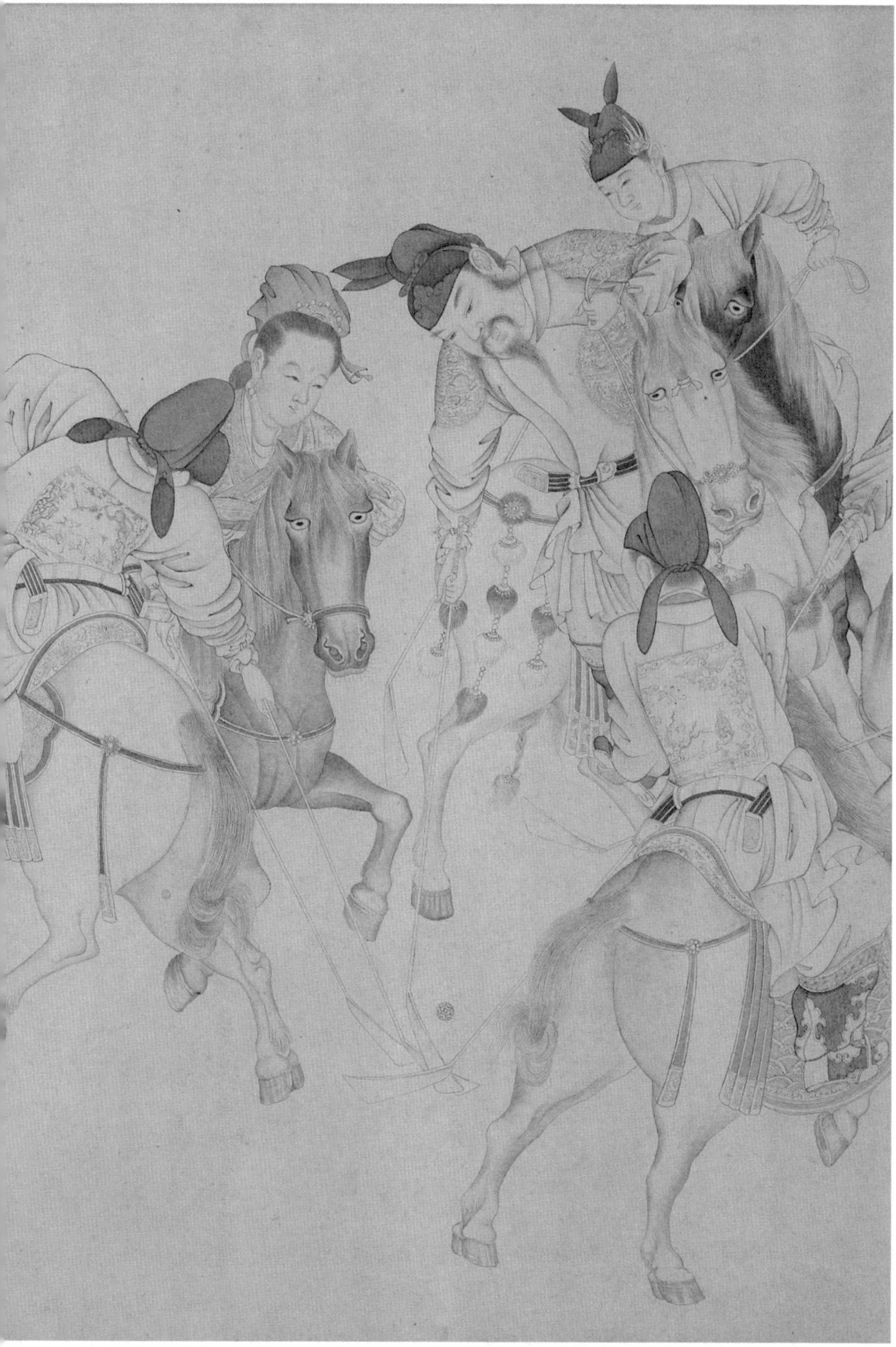

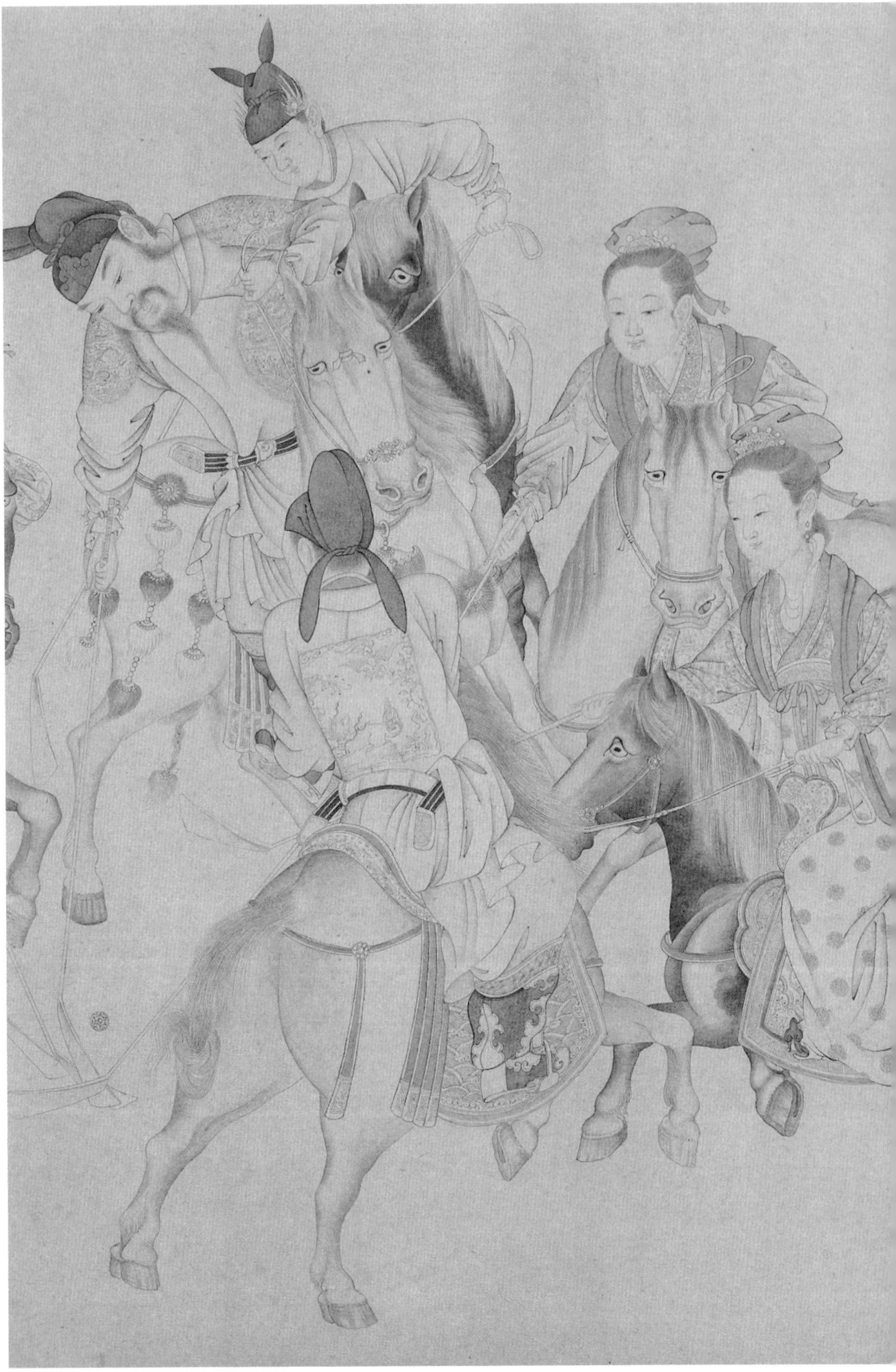

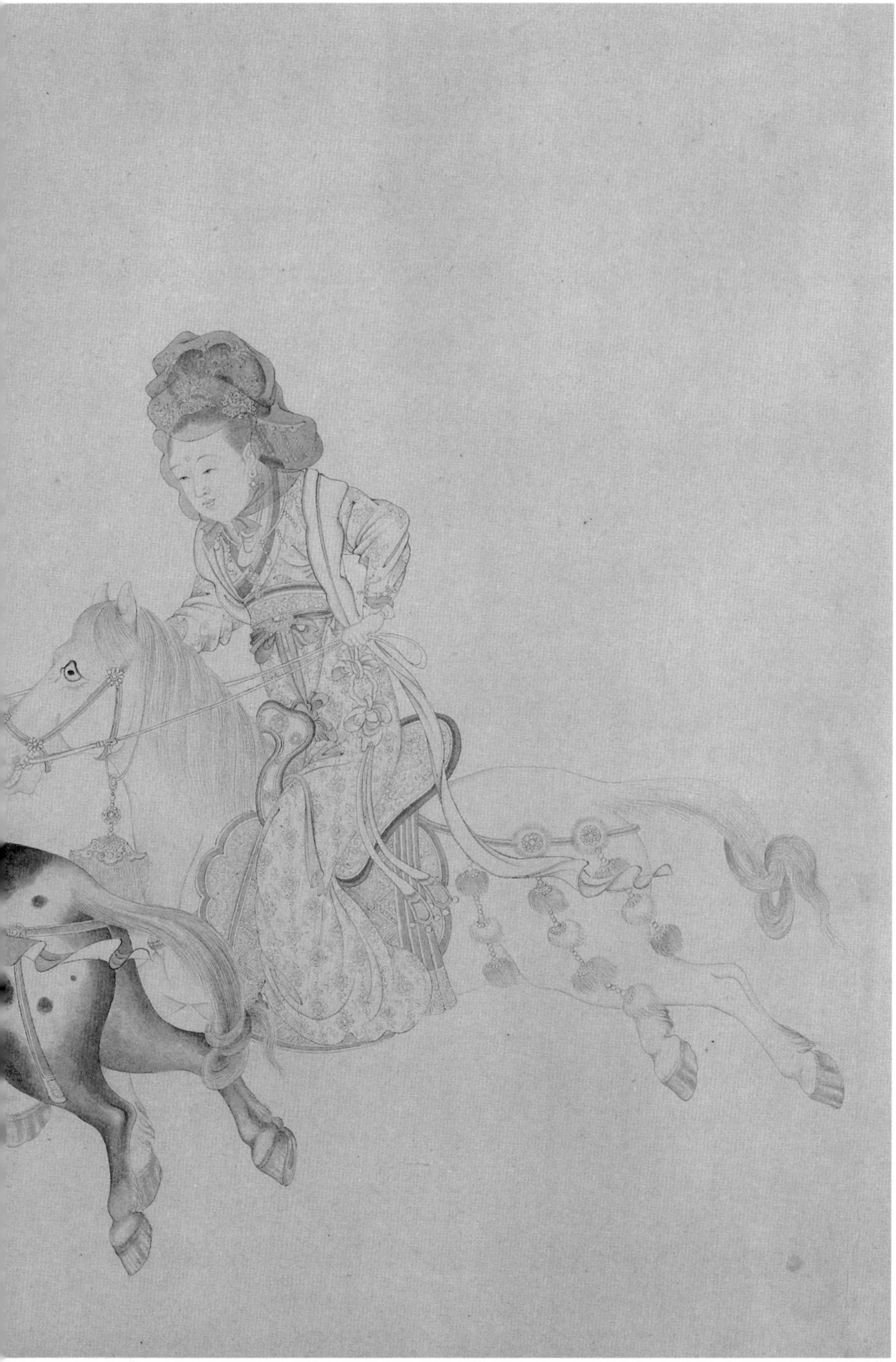

斗草

科普 //

　　斗草，一种游戏，有两种玩法：一是以草勾连拉扯，比谁的草强韧；二是各自采集不同的花草标本，限时集合后，斗花草的种类，独得花草多者为赢，或是斗名目对仗，平仄相当，自然工巧，这种玩法最为高深。

诗歌里的游戏

历史

斗草又叫斗百草，是一种古代的游戏。它有两种玩法，一种叫文斗，一种是武斗。文斗是比赛知识水平，要说出花草的名字来。武斗就是比耐力，要分出胜负来。这种游戏，最迟出现在魏晋南北朝时期。

其实斗草的痕迹先秦时就已出现。《诗经·芣苢》中写道："采采芣苢，薄言采之；采采芣苢，薄言有之。采采芣苢，薄言掇之；采采芣苢，薄言捋之。采采芣苢，薄言袺之；采采芣苢，薄言襭之。"这是写劳动的场面，但汉申培公认为《芣苢》是"童儿斗草嬉戏歌谣之词赋也"。这样说来，汉朝时也许就有斗草这种游戏了。

《荆楚岁时记》里说："五月五日，谓之浴兰节。荆楚人并蹋百草。又有斗百草之戏。"《岁华纪丽》里也说："端午，结庐蓄药，斗百草。""蹋百草"究竟是不是斗百草，二者之间有没有传承关系，这是无从考证的。但由此也可以看出，在魏晋南北朝的时候，斗百草已经出现了。

自从斗百草流行开来以后，各个时期的人都有不同的玩法，隋炀帝就是一个玩家。他让人大制艳篇，在游戏的时候演奏，其中就有斗百草的乐曲。他自己写诗道："轩内好，嬉戏下龙津。玉管朱弦闻尽夜，踏青斗草事青春，玉辇从群真。"（《隋炀帝海山记》）这是写龙舟游玩的景象：你看那闹啊闹啊，多么欢畅，你们这些小女孩，可要赶紧玩啊！这就是当时的游乐场面。隋炀帝本身是个顽主，他就把帝国也当成了个游乐的场所，这就是他的乐兴所在，别人禁止不住的。

唐代的斗草也是士大夫参与的游戏。那时候不仅仅是小女孩在玩，男子也参与其中。有几首诗写道："昨夜双钩败，今朝百草输。关西狂小吏，惟喝绕床卢。"（李商隐《代应二首》其二）这是斗草斗得睡觉都睡不着。"晓陌携笼去，桑林路隔淮。何如斗百草，赌取凤凰钗。"（郑谷《采桑》）这是要翻回本来啊，我不能输个精光，所以起早贪黑就去了。李白也写过斗草的诗词，他说："禁庭春昼，莺羽披新绣。百草巧求花下斗，只赌珠玑满斗。日晚却理残妆，御前闲舞霓裳。谁道腰肢窈窕，折旋笑得君王。"（《清平乐》）这是写宫女的巧艺，你看这禁庭春深的样子，我们斗一斗草吧，我晚上还要跳舞呢，也不知道中不中君王的意。这就是那时候宫女的意态，除了斗草，她们有很多消磨时间的方法，就这样度过了很多青春岁月。

这是一个众人参与的游戏，有时候公主也参与其中。唐中宗的时候，有一次安乐公主五日斗百草，全宫都参与了，她让车子从专门的驰道进来，运送全国各地的珍奇异草，斗了个翻天覆地。这些宫女也乐此不疲，纷纷参与其中，各自拿出自己的宝贝，当作赌注，整个宫里都充满了香气，这是佳话一件。

斗百草往往很讲究知识积累，不知道许多名字是不行的。有些草的名字很讲究，如铁线草、狗牙根、珍珠草、相思子、响铃草、穿心草等。不同草的名字，都有不同的含义，你想记住全部是不可能的，也就是尽己所能，尽量斗败对手罢了，这就是文斗。这种斗法，有时候需要使点巧诈，比如说同一种草，有不同的名字，你多说几遍，但你不需要拿出东西来，这也算你的招。这也是小

诗歌里的游戏

女孩经常用的法子。

那武斗是什么样子呢?大家各扯一把闲草,看谁的力气大,能坚持到最后,最后草斗得满地都是,像是要扫地一样,就是这个场面。小孩子玩这个,最宜培养感情,因为草是轻柔的东西,不是暴力的物品,大家又争来争去的,很有点过家家的感觉。这时候的斗草,像是一场力的决胜,但又巧妙万分,你怎么知道你的草能胜呢?这就争出了局面,也争出了味道。

深闺少妇的斗草最有意思,由于长期待在深闺,有这样一个出口,就格外忸怩作态。古代的深闺少妇都挺可怜的,她们也找不到别的玩意,只能做做这种小游戏,以解乏闷。明人黄子常《绮罗香·斗草》写道:"绡帕藏春,罗裙点露,相约莺花丛里。翠袖拈芳,香沁笋芽纤指。偷摘遍、绿径烟霏,悄攀下、画阑红紫。扫花阶、褥展芙蓉,瑶台十二降仙子。芳园清昼乍永,亭上吟吟笑语,妒秾夸丽。夺取筹多,赢得玉珰瑜珥。凝素靥、香粉添娇,映黛眉、淡黄生喜。绾胸带、空系宜男,情郎归也未。"这就是一幅少妇斗春的景象了,连指上都留着香,显得更加漂亮了,这些少妇乐呵呵的,也不知道在乐什么。她们哈哈一笑,也就把春闺里的愁怨放在一边,这就是斗草的乐趣,说不上来的。

《红楼梦》里写过一段斗草,很风趣,很有点像唐时的风景。

小螺和香菱、芳官、蕊官、藕官、豆官等四五个人满园玩了一回,大家采了些花草来,兜着坐在花草堆中斗草。这一个说:"我有观音柳。"那一个说:"我有罗汉松。"那一个又说:"我有君子竹。"这一个又说:"我有美人蕉。"这个又说:"我有星星翠。"那个又说:"我有月月红。"这个又说:"我有《牡丹亭》上的牡丹花。"那个又说:"我有《琵琶记》里的枇杷果。"豆官便说:"我有姐妹花。"众人没了,香菱便说:"我有夫妻蕙。"豆官道:"从没听见有个夫妻蕙。"香菱道:"一箭一花为兰,一箭数花为蕙,上下结花的为兄弟蕙,并头结花的为夫妻蕙。我这枝并头的,怎么不是夫妻蕙?"豆官没的说了,便起身笑道:"依你说若是这两枝一大一小,就是老子、儿子蕙了。若是两枝背面开的,就是仇人蕙了。你汉子去了大半年,你想夫妻了?便扯上蕙也有夫妻,好不害羞!"香菱听了,红了脸,忙要起身拧她,豆官怎容她起来,便忙连身将她压倒,两人滚在草地下,香菱的半扇裙子都被水污湿了。众人见状,轰然跑了。

这就是当时斗草的情景,乐趣十足,你看她们斗着斗着,便扯上闲话来了,也不害个臊。香菱自然不知道避讳,遂说出"夫妻蕙"的名字来。她们还有别的招,来对付香菱这种小妮子,她要真说个"仇人蕙"呢?那她们一定说出"夫妻蕙"来了。这就是小孩子的狡狯,香菱稍微大一点,也比不过的。

然而这样是斗不了草的,结局就会一味输。

宋朝的斗草就暗淡多了,那时已经没有了唐时的天真感,许多东西显得老气横秋。苏轼写道:"肃肃槐庭午,沉沉玉漏稀。皇恩乐佳节,斗草得珠玑。"(《端午帖子词·夫人阁四首》)这是化用李白"只赌珠玑满斗"的典,实际上还是写得老气横秋,像他的风格,但不是斗草的味道。范成大也写过一首诗,写了村社里斗草的情景,里面写道:"社下烧钱鼓似雷,日斜扶得醉翁回。青枝满地花狼藉,知是儿孙斗草来。"(《春日田园杂兴十二绝》)这就写出了村社里的一派繁忙景象,但也不是那个味道,早不是那种斗草感了。这也可见,唐宋间诗风变化之大,许多天真的东西,都散在了云烟之中,只剩下一派老气横秋,写点节日的杂兴。这就看不出来有什么风趣了,很遗憾没有了那种丰满感。这就是宋时的斗草。

元朝的风景更加不如以前,这是文化氛围导致的,许多东西都兴不起来,更何况斗草这种天真的活动呢?多是一种闲愁别绪,弥漫在斗草的文字中。比如张小山《越调·寨儿令》里写道:"我志诚,你胡伶,一双儿可人庞道撑。斗草踏青,语燕啼莺,引动俏魂灵。"这是调笑的味道,你看你那俏脸盘啊,在春风中,可真显得好看!这就是元人的调笑感,不是那么认真地对待这件事,也就没有那个味道,所以也就写不出那种感觉。

明朝的斗草更像一种戏剧化的感觉,有点调笑的意思。他们没有有意识地去贬低这种东西,却也不太重视,只讲个趣话,就算完结了。如汤舜民《春日闺思·甜水令》写道:"空撇下乡幕房栊,银烛帏屏。珠帘楼观,几度月团圆。斗草无心,待月无情,吹箫无伴,眼睁睁寡凤孤鸾。"这是写女人的伤春,你看什么都不想干,什么都提不起兴致来,哪还有闲心斗草呢?那种闲玩意,早抛到九霄云外去了。再如虞臣《丽情·集贤宾》:"也曾焚香告天把兰麝烧,也曾把诗写鲛绡,也曾向芍药栏前闲斗草,也曾在月下吹箫。他

◆ 明仇英汉宫春晓图（局部）

妇女和儿童在玩斗草游戏。

有文君雅操，正遇着相如才调，同倾倒，相随趁月夕花朝。"这是写什么呢？写伤怀往事，我曾经有过爱情啊，那种风操，现在找不到了。写的正是这种情感。

清朝的斗草其实并不以《红楼梦》为代表，而是《镜花缘》更典型。其第七十七回《斗百草全除旧套　对群花别出新裁》写道：

> 紫芝四处一望，只见墙角长春盛开，因指着道："头一个要取吉利，我出'长春'。"窦耕烟道："这个名字竟生在一母，天然是个双声，倒也有趣。"掌浦珠道："这两字看着虽易，其实难对。"众人都低头细想。陈淑媛道："我对'半夏'，可用得？"春辉道："'长春'对'半夏'，字字工稳，竟是绝对。妹子就用长春别名，出个'金盏草'。"邶芳春遥指北面墙角道："我对'玉簪花'。"窦耕烟指着外面道："那边高高一林，满树红花，叶似碧萝，想是'观音柳'……"邶芳春指着一株盆景道："我对'罗汉松'。"春辉道："以'罗汉'对'观音'，以'松'对'柳'，又是一个好对。"

这是斗草的一种丰盛感，很多东西都在其中，学问、计较，还有一种风情。他们以字字句句的工整对仗，把斗草这个游艺玩绝了，只剩下了文字游戏。这也是一种玩法，但终究不是那种味道，与《红楼梦》写的大相径庭。所以说《红楼梦》不可及，就是这个缘故。它本不是一种清朝的代表，而是一种晚唐的意趣，带点清朝的贵族感，就是那种感觉，这才是《红楼梦》。它写的斗草，也是晚唐时候的乡玩感,不复示现于后世的。

到了现代,依然有斗草的余响。南方地区依然有斗草的活动。不过现代社会,人与自然越发疏离,成人越发对斗草不感兴趣了,这是一件可惜的事。它有时候演变成一种儿童的游戏,还偶尔流传在乡间。插花艺术也间或有它的影子。它像馨香一般,继续滋润着人们的心,尤其是小孩子。

玩法

文斗和武斗各是两种不同的斗草方法。文斗比的是知识,你要说出草的名字来。武斗是比力气、比茎的长短,你一味拽去,看谁能拉得长。斗草斗的都是草,即以草为本,是一种植物游艺,这是跟许多其他游艺(比如说斗鸡)都不一样的地方。

观儿戏

唐·白居易

髫龀①七八岁,绮纨②三四儿。
弄尘③复斗草,尽日乐嬉嬉④。
堂上长年客⑤,鬓间新有丝。
一看竹马戏,每忆童騃⑥时。
童騃饶戏乐,老大多忧悲。
静念彼与此,不知谁是痴⑦。

白居易(772—846),字乐天,号香山居士,唐下邽(今陕西渭南市附近)人,贞元年间进士,以刑部尚书致仕,工诗,作品平易近人,老妪能解,新乐府的倡导者,著有《白氏长庆集》。

◆宋人婴戏图　轴

本幅无作者款印。画童子四人，一人于帷幕中操持钟馗傀儡为戏，一人击鼓，一人打板，另一人作指点状。庭院周遭，并装缀花卉蜂蝶诸景。

诗歌里的游戏

主旨

此是写思念儿时欢乐事，忆及老大忧伤，遂发感慨。

注释

① 髫龀：七八岁，指幼小的时候。髫，小儿额前垂下的头发。龀，自乳齿脱换成成人牙齿。七八岁的时候，我们都是这样玩的，我看到这些小孩，想起了往昔。

② 绮纨：亦是指小时候。绮，有花纹的丝织品。纨，细致有光泽的白绸绢。这里是借衣来指代，小儿常穿此服，打扮得漂漂亮亮的。这些小孩子啊，就不知道愁是什么，光鲜亮丽的，我看到了他们就想起自己小时候。

③ 弄尘：玩起土来。这是写小儿嬉乐的景象，也不管地上脏不脏，他们抓起各种花花草草就玩起来了。

④ 尽日乐嬉嬉：每天都是个疯玩疯傻的样子。每天都是这样，这不惹得人发愁么，你们为什么这么快乐？我想起自己以前也是这样的，可是那些时光到哪儿去了呢？

⑤ 长年客：年长者，指诗人自己。

⑥ 童騃：年幼无知。騃是愚痴的意思。真不如什么都不懂啊！

⑦ 不知谁是痴：不知道是谁傻，不懂事。这是写对儿童的羡慕，你看那些疯疯傻傻玩乐的孩子，与我们这些被烦恼缠绕的人相比，到底谁更聪明一点呢？长大就换得这些么，这怎么能说明智？倒不如孩提般愚顽，我看还是他们

更聪明一点。

诗里诗外

　　一个人的童年是回不去的往昔,不管是穷苦,还是快乐,都将占据人生的一大部分回忆。一些旧时的记忆,往往会在某些时刻涌上心头,仿佛从未失去过,还存在于某个时空,与你共在。这是一种作家的感知。余华讲过,童年的经历,决定了一个人一生的方向,他是深谙此道的,所以写得出那么丰富的作品。

　　我们还有别的想头么?在这样短暂的人生中,许多事情是来不及怀念的,仿佛也就一两年前的事,就变成了往昔。许多作家都有怀念童年的经历,那是抹不去的珍藏。一点点记忆,在时光隧道中流逝,让人伤感,但又激发出新的生命力来,这是作家的本事。

酒牌

科普 //

酒牌，起源于唐代的叶子戏，至明清之际达到鼎盛。它是一种酒类游戏，刻在酒牌版画上的字样，标示着罚金的多少。

历史

据文献记载，唐宋时期的酒牌版画非常盛行，那时的玩法与种类也很多，但都没有实物出土。现存最早的酒牌，是元朝曹绍编的《安雅堂觥律》。现存有图像的酒牌大多源于明清时期。这些酒牌有三种，纯文字酒牌、图文并茂酒牌、图文及博戏并存类酒牌。这三类酒牌，都有一定的规制。像纯文字酒牌，主要刻有诗词歌赋、酒约、题赞等。如果是酒博两用的酒牌，还要添有钱数，或是牌点。比如《四库全书》艺术类收录的《酒人觞政》，反面是空白，正面则画有四方连续的几何图像。酒牌上的字体，有的是草书，也有用楷体的。酒牌的版画，要根据题铭来构思，二者必须有联系。那时的酒牌的形态是什么样子的呢？有学者指出，它可以是一张纵约五寸、横约三寸的硬纸片，或者是纵约三寸、横约一寸的象牙、兽骨签，上面刻画着古典戏曲、小说的故事情节，还有诗词歌赋的警句，以作为娱乐之用。这样一种酒牌，艺术规制的复杂，哪怕是今天的许多雅玩都比不上。酒牌带着诗词歌赋的清雅，透过谐谑的语言，穿透着人心，点染着市井的俗话。讲理的话，是写不进酒牌的，酒牌上大都是及时行乐之类的语言，这种俗世感，其实就是酒牌的本相。

如果从现存作品来看，酒牌主要是以人物画为主。许多酒牌是很著名的，像讲水浒故事的《水浒叶子》，就是一部人物画大全。但实际上酒牌的题材很丰富。清朝周亮工《因树屋书影》里说："但叶子图淮南寇，不知始何时。今江右叶子，有无图像者，有作美人图者。闽中叶子,有作古将相图,有作甲第图者。近又有分鸟、兽、虫、鱼为门类者。"这可见那时题材的丰富与品貌的不同,并不如传世酒牌那么单调的。像《续修四库全书》收录的《宣和牌谱》也有大量动物的图像,如鹰、鱼等等。那时宋朝流行的酒牌,看来也是多写情貌,并不单一只画人物的。到了明清时期,市井流行的许多酒肆雅玩,画的种类也颇多。根据记载来看,那时的画法也并不单一,比如说取景角度,有远景、全景、近景、俯视、仰视,各种角度都有,各种艺术手法都能在酒牌中得到体现。画的样子,早期是以线描为多,后来开始注重质量,加入了很多艺术手法,比如注意事物的肌理、体积,还有受西洋画影响的光影,还出现了很多以黑面、阴刻为主的手法,各种点状也散布在画间。酒牌还很讲究空间表现。像早期的酒牌,比较注重利用构图,引申出画外的大片空间,后来开始注重透视,这也是受西洋画的影响。这种酒牌就不再只是一种野玩,而有了文人创作的痕迹。这样的痕迹,遍布在酒牌中,成为一种消遣,各种艺术手法混杂在市井中,可见民间艺术家也多。

受限于艺术空间,酒牌往往是程式化的构图。但它使用的线条往往是多样化的,这也是酒牌的一个特点。各种花色的纹样,装饰着酒牌的空间。这就是酒牌的一种特殊性。由于它是批量生产的,艺术投入毕竟有限,有时候也会出现粗制滥造的产品。

由于酒牌的通俗性,它的内容往往也是指向市民的。许多内容,都非常接近市民生活。明代市民经济发达,许多人厌倦了传统的诗词歌赋,而选择酒牌作为消遣工具。人们沉醉在酒牌的游戏中,流连忘返。这种沉醉生活的态度,是跟物质的较大满足有一定关

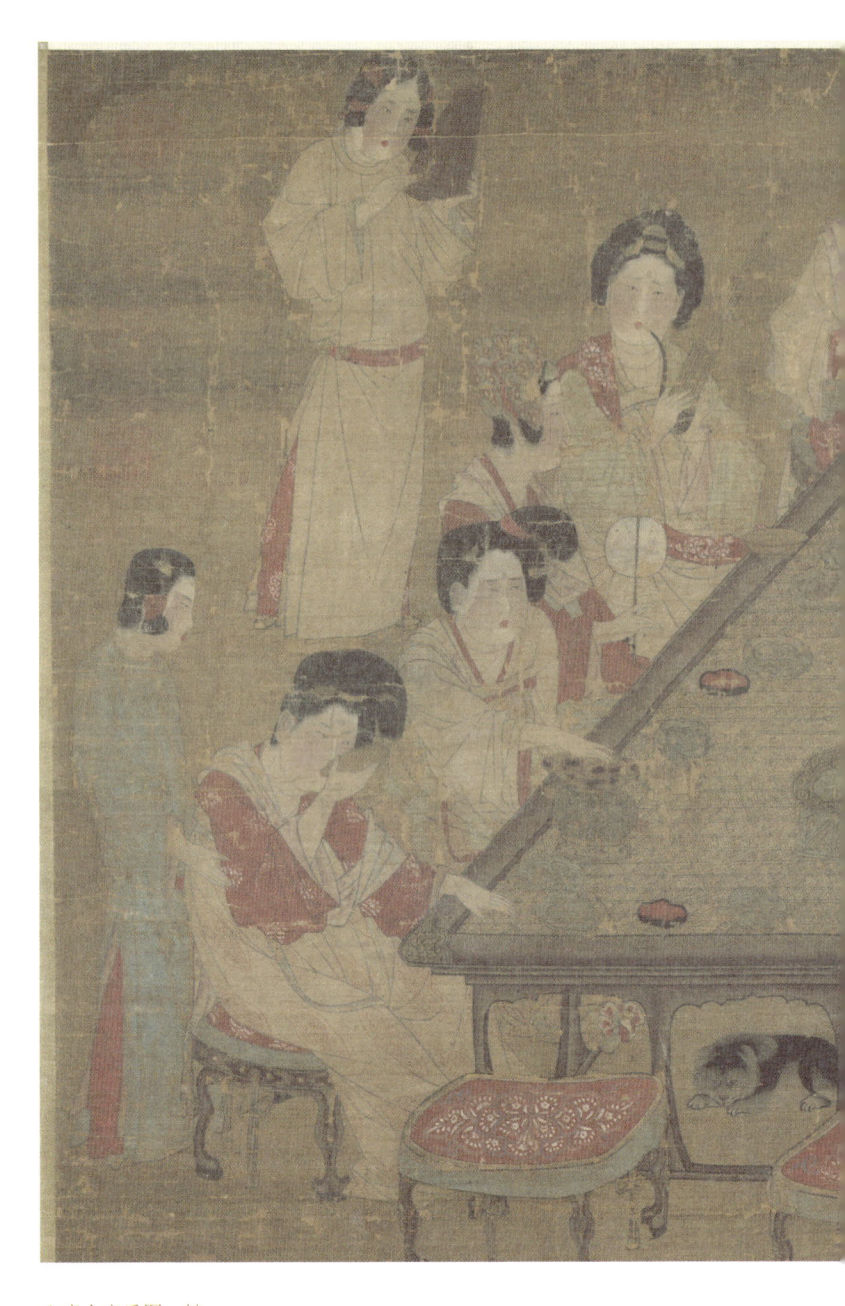

◆唐人宫乐图 轴

本幅无作者名款。画女乐十二人,十人围案而坐,中四人正吹奏笙、箫,弹奏古筝与琵琶诸乐器。侍立二人中,一人持拍相和,其余众人坐听,状态闲适。

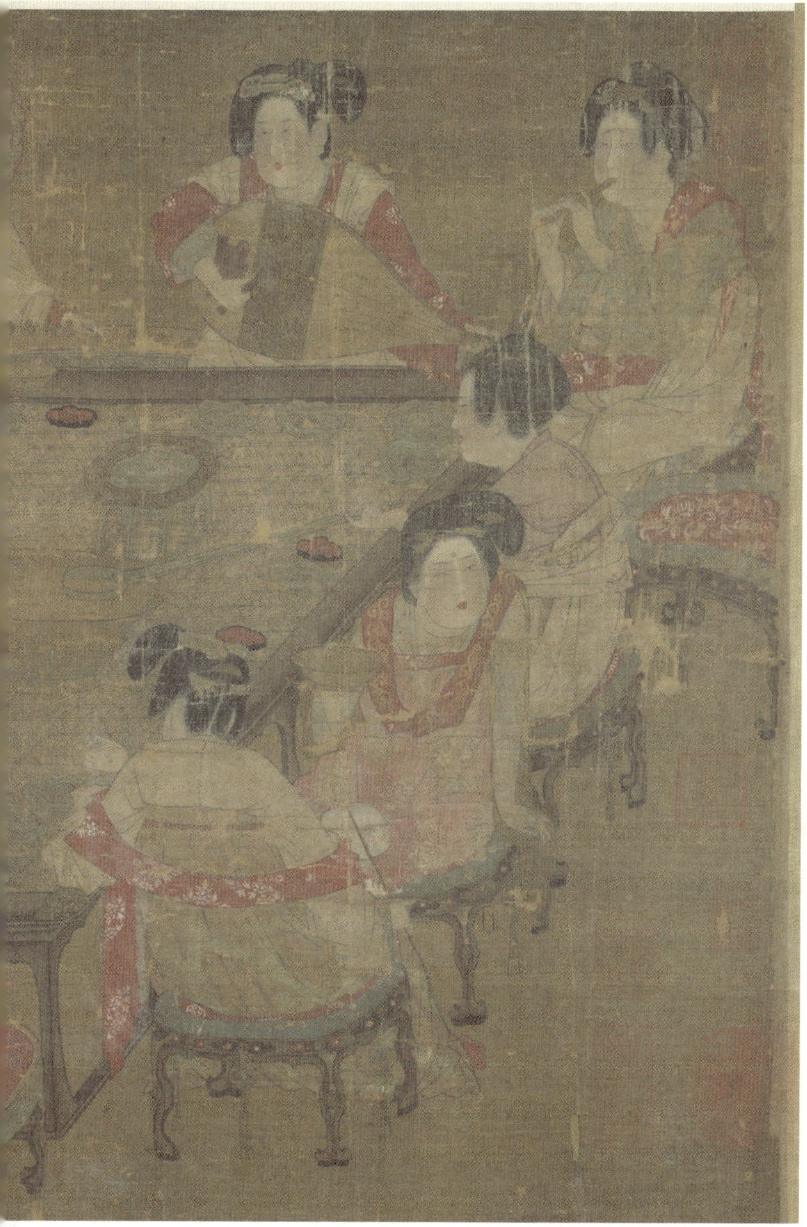

系的。这种流连酒肆茶坊、消磨人生的态度，反过来又促进了酒牌的生产，形成一种需求刺激消费的现象。许多酒牌，由于其通俗性，甚至代替了小说，成为一种阅读工具，满足了一些人的精神生活。

酒牌是一类综合性的艺术，它融合了游戏、绘画、书法、刻板工艺。在此基础上，它又吸收了许多明代绘画的特色，像许多著名的画家，如陈洪绶、仇英、蓝瑛、唐寅的作品，也纷纷进入酒牌。这就丰富了酒牌的创作内容，有些酒牌当真是品味高雅，充满了文人气息。它打通了各个层次，在某种意义上，成了一种雅俗共赏的东西。

酒牌在当时也被指出不够文雅。明代潘之恒说："至酒牌出而古意逾失，用之逾浅，禅爵花妓既已，不伦甚至淫媟欲呕，徒败人兴。"这就是说酒牌的出现，败坏了世代相传的文人品味，有点涉于淫媟。这是一种骂詈的态度。但就像有人说的，"以叶子行觞，欢场雅事也"，这实际上也是一种风流，是一种新兴市民文化的体现。很多传统文人看不惯，却也改变不了它的风行。

酒牌制作到了后期，有些大画家亲自参与其中。这其中有江南经济高度发达的缘故，大画家不怕捞不回本来，世风也比较开放，也不觉得这会有失身份。这样，精品文化融入了酒牌制作中，这样制作的酒牌当然很少，也就成为酒牌艺术中的精品。其中最有名的便是陈洪绶与任熊，他们亲自参与创作，带动了酒牌的生产与艺术水平的提高。

我们来重点看一下任熊的《列仙酒牌》。这部酒牌的特点是，它在酒牌艺术中完美地融合进了世俗文化。首先看诗文。它与汪

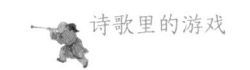

道昆《数钱叶谱》有明显的继承关系,酒约和赞文是模仿它的样式,并且以韵文形式写出。特别重要的是,诗文与酒牌上的画作,完全是一个模样,融合无间。画作的留白处,写有精密的书法,辅以人物之俊逸,确实达到了诗画双璧的感觉。

从画作方面看,这部酒牌的题跋是一个重点,它拓展了画作的时间性,让它长久地居于画作中间,解决了时间空间的矛盾,许多大画家都做不到这一点。时间是一个维度,空间也是一个维度,让二者有机存在于同一个画面中,这是要靠题跋来实现的。任熊很好地解决了这个矛盾,让二者融合无间地展现在画作上。题字本身的作用,被高度地活用起来,形成一个高度融合的艺术格局,某种意义上达到了一个顶峰,成为酒牌艺术中的翘楚。

留白的使用也是一个特色。《列仙酒牌》非常会使用留白,在某种意义上把留白的中国画的质感发展到了顶峰。这是专业画家才会有的水平。每一个空间都得到了利用,尽管有大片的留白,人物与布局,却恰到好处,找不到一处无用的空间。具体的线条的处理,比一般的酒牌更为丰富。这是一部集大成之作,许多方面都超越了同期的酒牌创作,是传统艺术与市民文化一次很好的结合。

鲁迅先生也是酒牌的爱好者。他收有两幅陈洪绶的《博古叶子》。这是陈洪绶的集大成之作。但鲁迅先生没有收全,他曾以高价,向市面搜索《博古叶子》的其他画作。他收的两幅主要是匡衡凿壁偷光的故事和汉哀帝董贤断袖之癖的故事,全部都用精致的画面描绘。鲁迅先生收藏这两幅画作,究竟是偶然得之,还是刻意挑选,也就不得而知了。《博古叶子》这部作品一共有四十八幅,每一幅讲一个历史故事。这反映了明人的特色，他们还是很爱借酒牌讲故事的。陈洪绶这部作品，也是他一生的匠心之作，虽然是一种酒牌制作，却倾注了心力，具有很高的收藏价值。

正因为如此，鲁迅有一次对郑振铎说，这部酒牌"底本如能借出，我想，明年一年中，出《老莲画集》一部，更以全力完成《笺谱》，已有大勋劳于天下矣"。这是他的真实情感，他很遗憾没有得到全套《博古叶子》，他觉得如能出这一套陈洪绶的画作，于天下是大有功的，由此可见陈洪绶作品的价值和他在鲁迅心目中的地位。

酒牌上的酒约文字其实是酒牌的核心部分。尽管酒牌有很多丰富的图案，像是花鸟鱼虫、历史故事、帝王将相、美女妖狐，都可以出现在酒牌的图画中，但它们必须与酒约文字配合使用，也就是说，图像必须是解释酒约文字的。不同的酒牌有不同的酒约文字，彼此的风情也不一样，有的庄，有的谐，根据宾客的品味来使用。有些有着强烈的世俗气息，媟近之话也有，有的则富有文人色彩。像陈洪绶的《博古叶子》，就常用一些"好老者饮""比玩者饮""好内者代二杯"之类的话，富有强烈的生活气息，有时候如果对方回应的话便揭示了客人的隐私。但像《列仙酒牌》，就比较庄重，不过是说"擅琴者饮""默坐者饮""清癯者免饮"这样富有文人色彩的话。这些酒牌的话语，承载着明朝的市民文化与世俗品味。我们可以看到，那时候的士大夫文化，还是比较高雅的，其与世俗相近的部分，也是点到为止，并不多做媟近。有的东西看似直白，却也只是士大夫的雅玩，庄寓于谐，并无伤大雅的。这就是那时候的酒约文化，渗透着明人世俗的感情，至今看来，亦有味道。

酒牌脱胎于版画。明朝的版画很发达,其很多艺术手法,都融入了酒牌制作中,就不免互相影响。版画是由画家画出稿子,再由刻工刻版制印,所以,世俗绘画不能不影响酒牌的创作。而世风的衰旺,画风的兴衰,也反映在酒牌制作上。明代早期的绘画,还很纯朴大气,酒牌的制作也华丽,清新可喜,到了晚期,绘画流于繁缛,酒牌也就跟着流于纤弱起来。酒牌的制作,跟着世风、画风转变,也是艺术史的一个表达。

但陈洪绶是一个异类。他的绘画,既有传统绘画的底子,也充分向民间画工学习,吸收了两方面的长处。他的生活很贫困,长期与下级官兵为伍,这就使得他的画作更多地反映了民间的情绪。鲁迅收藏他的画作,正是看中了他这种精神,一种韧性战斗的感觉。他很想向陈洪绶学习,于是想收藏他的画作,作为一种经典的印象,激励着自己的斗争。

鲁迅先生也很重视版画的制作,他是中国新兴版画事业的开创人。他收藏了大量俄国的版画,并且鼓励学习欧洲现代版画的抗争精神。他对陈洪绶的推崇,更是反映了这种态度。陈洪绶的酒牌创作,反映了中下层劳动人民的疾苦生活,是一种生活的真实写照,在那个黑暗时代,感染了多少有志之士。这种精神,已经不仅仅是酒牌创作反映出来的东西,而成为一种艺术灵魂,激励着后人前进。

玩法

酒牌有好几种玩法,其一是一种雅谑,如有及第者,便在席间行酒牌令,如能钓到诸如"蟾宫折桂"之类的话,或者诗文,行令者即得喝一满杯。余者同此。其二是欢场雅谑,这就是文人的酒戏了,许多话涂抹在酒牌间,有各种各样的种类,要是中了就罚酒,比如说"惧内者饮",怕老婆的人就得喝一杯,余者同此。

对酒

唐·白居易

未济卦①中休卜命,参同契②里莫劳心。
无如饮此销愁物,一铜愁消③直万金。

白居易(772—846),字乐天,号香山居士,唐下邽(今陕西渭南市附近)人,贞元年间进士,以刑部尚书致仕,工诗,作品平易近人,老妪能解,新乐府的倡导者,著有《白氏长庆集》。

主旨

这首诗写消愁之状,什么都不要了吧,不如喝杯酒,打打牌。

注释

① 未济卦:《易经》第六十四卦,上火下水,亦即上离下坎,表未成之意,亦有未渡之意。未济是不成功的意思,也是功成身退的意思。历来人们怕卜到这个卦,但这卦亦有小心谨慎的意思,人生到未济可止,而不是既济,说明一切都是开放的。

② 参同契:汉魏伯阳著,以《周易》说修真,朱熹尝治其书。这两句是说,不要再算来算去的了,无论你是算出未济卦,表示此生不祥,或者钻研《参同契》打算修仙得道,都是莫劳心的事,因为都是虚无缥缈的东西。这也表示了一种人生态度,靠《周易》算出来的人生,有的时候是会破产的。

③ 一饷愁消:这(酒)只能解一时的愁,然而这已经很难得了。这是一种常见的心态,人们在喝酒后,受酒精的麻痹,烦恼会暂时远去,这种感觉很难得。因为麻痹的感觉,其实也就是永恒,你暂时得到了永恒,所以说值万金。但是,这种感觉只存在于麻痹中,所谓"值万金",不过是人们愁闷时的聊以自慰罢了。

诗里诗外

所谓消愁这个话题，千古同慨。是人无不愁，但消愁的方式有别，有求神问卜的，有买房买地的，还有出国旅游的，总之是想尽各种办法来对付一个愁字。但怎样消得了愁呢？

与愁同在是一种境界，像李叔同，为了消愁，他去出家，干出了一番事业，继律宗于绝响；苏东坡在黄州，吟啸自如，成就千古佳话。这都是与愁共在的生动案例。你道愁到哪去了呢？无非痛并快乐着罢了，愁是消不掉的。

但为什么说"无如饮此销愁物"呢？酒究竟有多大的魔力？它能使人暂时忘却愁烦，进入清幽的境界，仿佛没有愁似的，这是千古英雄共举此杯的缘故。

但酒醒之后呢？酒醒帘幕低垂，是一副垂头丧气的样子，酒劲过去了，该回归现实了，然后千斤重的东西又压过来，酒精带来的也只是暂时的快乐啊！所以有人喜欢喝酒，倒不是因为酒有多好喝，而算是一种逃离吧。

有没有一劳永逸地解决愁的办法呢？许多人想到出家，但出家未必不会产生更大的闷。你是没有世俗的烦恼了，但你被隔绝了，那世俗的充满生机的生活再也见不到了。这就是两面性，人在世间活着，都是要面对的。

灯谜

科普 //

　　灯谜是元宵节粘贴在花灯上,供人猜射的谜语,有时也贴在墙上,或者挂在绳子上,猜中者可以得到奖品。

诗歌里的游戏

历史

　　谜语悬之于灯，可以追溯到宋朝。那时候，朝廷百官和文人学士都喜欢举办谜事，搞得很热闹。明郎瑛《七修类稿》里面记载："东坡、山谷、秦少游、王安石，辅以隐字唱和者甚众，刊集四册，曰《文戏集》。"又说："隐语化而为谜，至苏黄而极盛。"苏黄很喜欢搞这种东西，这也是文人风流的一种，制一些谜，让人猜，以增乐趣。不过最擅长此道的是王安石。李开先《诗禅又序》里说："王荆公则据一段幽闲之地，偃五尺兆吉之莎，分为坐占鸥沙、眠分犊草二格。"王安石有时候跟人对设谜题，他出谜道："画时圆，写时方，冬时短，夏时长。请打一字。"朋友对道："东海有条鱼，无头又无尾，更除脊梁骨，便是你的谜。"这两个谜底都是"日"字。宋代留下来的谜语不少，从古籍里看，一共有七十多条，多以诗词为谜面。那时的文人雅戏，便是如此。

　　那时候的文人雅戏也逐渐向市井俗戏转变，许多东西经文人之手，变得普及起来。即如猜谜，也融入了市井的百戏之中，许多专业人士都精通于此。孟元老《东京梦华录》记载："崇（宁）、（大）观以来，在京瓦肆伎艺……毛详、霍百丑，商谜。"那时候便有当街出谜的人，在北宋的街头，成为一道风景。猜谜和百戏一起，充斥着东京的街头，专门的艺人参与其中，使其变成一种游艺。这是北宋旧都的感觉，至于南宋临安城，亦有出谜的人群。《武林旧事》记载："又有深闺巧娃，剪纸而成，尤为精妙。又有以绢灯剪写诗词，时寓讥笑，及画人物，藏头隐语，及旧京诨语，戏弄行人。"许多东西都在谜语之中，即如旧京的一些事情，或者说街谈巷议，都被出在谜题中。这些谜语，说不上有什么精妙的地方，却成了民间艺术的一种，它不再是文人士大夫那种雅玩，而变成了一种消遣，成为市民大众的娱乐。这是艺术来源于生活的显证。

到了明代，便出现了"谜格"这种东西。谜格便是以谜底文字作形、音、位置的变化的一种游戏。这种套式的出现，标志着灯谜真正成熟起来。就好比形成了一套方案，猜谜有了规则，不再随出随讲。一种游艺到了一定阶段，都会形成一套定制，成为经典化的东西。李开先最早讲这个，他的《诗禅序》《诗禅后序》《诗禅又序》讲了四十多种宋明以来出现的谜格，奠定了谜格的经典位置，也为灯谜概括了理论基础，具有很高的价值。灯谜的理论原则在此形成，成了人人遵守的圭臬。

明朝的灯谜活动是空前的，人们争相参与进来，有时候竟不知避忌。《翦胜野闻》中记载："太祖尝于上元夜微行京师，时俗好为隐语，相猜以为戏。乃画一妇人赤脚怀西瓜，众哗然。帝就观，因喻之曰：'是谓淮西妇人好大脚也。'甚衔之，明日，召军士大戮居民，空其室。盖马后，淮西人，故云。"这就是以人民生命为儿戏了，为泄一时之愤怒，竟大戮居民，朱元璋仁在何处呢？明末阮大铖《春灯谜》传奇有这样一段歌："打灯谜闹场，拆灯谜搅肠。纸条儿标写停停当。金钱小挂，道着时送将，那不着的受罚还如样。市语儿几行，人名儿紧藏，教你非想非非想。"是说猜谜的人费尽心思，猜中有奖，猜不中也心甘情愿接受惩罚。

最早出现"灯谜"一词的是明夏良胜的《东洲初稿》，这个表述在那时才成形。其卷七有云："用璥公幼敏慧好学,尤精于《纲目》

《通鉴》，人有索隐僻难之者，不穷屈。桂坡左公号博洽，每于元宵作灯谜，杳幻莫测，曰：'须夏先生来。'公至，百难俱废。"这是有关"灯谜"的最早记载，也就是明朝中期左右。夏良胜是明朝弘治、正德、嘉靖时人，而此书是正德间刊本，可见那时词语已经定形，其真正形成的时间应该比那更早一点。明末张岱提过"灯谜"一词，但那是明亡之后的刊本，无论如何不会比夏良胜早。

　　清朝是灯谜真正的巅峰时期。当时甚至有人这样认为，说是"唐诗、宋词、元曲、明小说、清灯谜"，这几个东西可以并列，可见那时灯谜的疯狂程度。那时的灯谜也丰富，取材范围十分广泛，几乎涵盖了生活的各个方面，《红楼梦》里的灯谜就是这时候的产物。这种风行民间的文字艺术游戏，在当时起了萤火之光的作用，丰富着市民的文化生活，也促进了语言艺术的发展。这样一种艺术，简直是畸形的发展，但这种发展，却促进了灯谜本身的繁荣，让民族艺术宝库中添一新灯。然而这种文字艺术游戏发展到后来，也出现了过于晦涩的现象，一定程度上多少扭曲了事物的本来面目，这又是必须指明的。

　　清朝有很多文学作品写到过灯谜。最突出的是《红楼梦》，其中有十三首无底诗谜，现在仍是灯谜中的瑰宝。其他还有李汝珍的《镜花缘》、五色石主人的《八洞天》、吴沃尧的《二十年目睹之怪现状》，其中都有灯谜的描写。许多描写很精彩，像许多酒令的场面，谜面一出，大家争相猜射，活跃了酒席的气氛。又如元宵节持宫灯，像《红楼梦》中写的那样，渲染了一种凄凉的气氛，丰富了小说的色彩，促进了文学艺术的发展。

　　清代有很多猜谜的高手，可谓英才荟萃。比如韩英麟，虽然十九岁就去世了,却是个盖世神童,极擅猜谜,他写有《小嫏嬛仙馆谜话》等16种谜书。再如"谜圣"张起南,一生写了一万多条谜,自称为"谜癖"。这些谜家,大都有专门之才,然耗心力于此学,多少是有点遗憾的。

清代有很多成功的谜社。到了清末民初,社会上流传有三大社,上海萍社、北平射虎社和竹西后社。这三大社都力量强大,拥有一大堆"粉丝"(追随者)。上海萍社由孙玉声和王均卿主持,在新世界和大世界活动。射虎社由樊樊山、韩少衡、高步瀛等人发起,在北平徽州会馆活动。竹西后社由高乃超发起,主要活动在酒家。这三家社都门庭广大,尤其是竹西后社,拥有许多制谜高手,他们活动在民间,对民间的谜事发展起着举足轻重的作用。清朝统治结束之后,这些谜社更加活跃,由于隐语已去,人们大可以畅所欲言,所以,灯谜变成了真正的灯谜,真正变成了一种游戏,活跃于世间。

清代有大量的谜书出版,许多都有新颖的意义。这些谜书大都托字为义,有所寄托。但是人们考索的兴趣已不再有,即便猜出来,也是陈芝麻烂谷子的事,它们也就真的成了单纯的谜书。那时重要的著作有毛际可的《灯谜》、周亮工的《字触》、费星田的《拟猜隐谜》、张文虎的《廋词偶存》、杨小湄的《围炉新话》、高超汉的《心园谜屑》,连俞樾也写过《隐书》,可见那时作谜书之盛。这些谜书,都是许多创作大家的结晶,具有很高的历史文化价值,指示着那个时代的苍茫。流传至今,人们已不会再去深入思考它们有什么深层意思,而只是当作谜面,做一种兴趣的玩赏。清朝的许多谜语已经过时了,有些甚至让人猜不出意思来,它们的真正奥义，只能随着时间而消逝了。

那个时候的灯谜文化，已经随着历史时空的变化而消散，但长久以来，灯谜文化所引起的兴趣依然存在。逢年过节，我们依然还猜上几个谜语，作为消遣。谜题中蕴含着的文化知识，许多还是很有价值的，很多人都曾于灯谜中学过知识，获得乐趣。直到今天，谜题依然可以是人们茶余饭后的消遣，启迪人们的智慧。

玩法

灯谜有许多种猜法，基本的样式有这几种：拆字法、减损法、通假法、会意法、一谜多底。这些都是基本的样式，实际上猜法多种多样，不拘一格。许多灯谜都有别样的乐趣，即如清代的谜法，它会设很多陷阱，让人陷入其中，很难猜到它想表达的到底是什么。现代的谜法没有那么复杂了，但也很精巧，仍需要猜谜人花一番心思。

生查子·元夕

宋·欧阳修

去年元夜时,花市灯如昼①。
月上柳梢头,人约黄昏后②。
今年元夜时,月与灯依旧③。
不见去年人,泪湿春衫袖④。

欧阳修(1007—1072),字永叔,号醉翁、六一居士,宋庐陵(今江西吉安)人。工诗、词、散文,是当时的文坛领袖。官至枢密副使、参知政事,卒谥文忠。著有《新五代史》《居士集》《六一词》等。

诗歌里的游戏

主旨

　　这首词写思念之情。去年的情还在,今年人已经不见了。物是人非,旧情难续的哀伤,无边无际,何以排遣。

注释

① 花市灯如昼:这正月十五的花灯,通明如白昼一般。

② 人约黄昏后:我们就约在黄昏之后见面。这是一种常见的相恋情思。黄昏之后,夜幕低垂,明月皎皎,垂柳依依,正是恋人约会互叙衷肠的好时光。

③ 月与灯依旧:月亮和灯火还像从前一样,这怎不令人想起去年约会的情景、追寻经年相思的人呢?人常有此思念之感,每每伤情。这是抹不去的思念,旧有的景物还在,时过境迁,人留在此地,回想过去,仿佛被剩在那里,那个去年与我赏灯的人呢?她在某个地方吧,但我还剩在这里,又是为什么呢?

④ 泪湿春衫袖:相思之泪已经打湿了春衫的袖子。相思的人已经不在了,我为什么还要哭呢?因为她一定还在,一定不会被时空所限,这就活在当下的情景中,这怎能不令人追怀呢?这是一种时空交融的感觉,从去年元夜的两情依依、情话绵绵,到今年元夕的物是人非、旧情难续,在一个时空体验另一个,然而毕竟不是那个时空,所以总是带有遗憾、伤感,这就是泪湿春衫袖的缘故。

诗歌里的中国

诗里诗外

欧阳修有一首祭文是很感人的，叫作《祭石曼卿文》。其中有两句："奈何荒烟野蔓，荆棘纵横；风凄露下，走磷飞萤！"这写尽了人生的苍凉感。无奈荒烟野草，藤蔓缠绕，荆棘纵横，风雨凄凉，霜露下降，磷火飘动，飞萤明灭，这就是坟地的景象。这就是不可名状的痛，痛在心头。

欧阳修的文章流传到现代，也大都不显迂腐，这与他这种文体有关。苏洵说他"纡余委备"，这评价十分恳切。他的政论文畅达明快，而抒情文深情绵邈，有一种天真朴质的本色，许多都说到了人心里，所以现代人也能产生共鸣。我们看《秋声赋》，"草木无情，有时飘零。人为动物，惟物之灵"，这是伤感至哀的总结。那草木能有什么过错呢，也会被风吹雨打，人为万物之灵又该怎么说呢？"奈何以非金石之质，欲与草木而争荣"，这不是颓丧，而是说出了人性深处的真实。人有自己的价值，就在于感情。"念谁为之戕贼，亦何恨乎秋声！"这是秋天的声音，有什么好恨的呢？

他的词也是类似的风格，像《踏莎行·候馆梅残》，"草薰风暖摇征辔"，陌上草薰，日暖风和，我要开始出走了。但是吐不尽的相思，"离愁渐远渐无穷"，伸向远方的哀愁，宣释不尽。

第一辑

博戏类

六博

科普 //

六博是一种古代博戏，一共有十二个棋子，六白六黑，博的时候投六箸，行六棋。

历史

六博本来作"六簙"。《说文》上说:"博,局戏也,六箸十二棋也。"可见这是一种游戏。关于六博最早的记载是《楚辞·招魂》,所谓:"菎蔽象棋,有六簙些。分曹并进,遒相迫些。成枭而牟,呼五白些。"王逸注解云:"言宴乐既毕,乃设六簙,以菎蔽为箸,象牙为棋,丽而且好也。"这是一种相当华贵的游戏。就目前发现的考古资料来看,比如山东鲁国的墓葬,都有六博棋子的出土。可见至少在春秋战国时期,六博已经成了一种流行的游戏。除了鲁国,楚国、中山国也有墓葬发现。那时的六博,已经具有了相当完整的形式,流传在民间。

至于什么叫"博"呢?这是一种博戏,传说是夏朝时候的乌曹所发明的。《说文·竹部》说"古者乌曹作博",可见也是一种民间的信仰罢了。至于"博"具体是什么时候出现的呢?《史记》中说:"帝武乙无道,为偶人,谓之天神。与之博,令人为行。天神不胜,乃僇辱之。"就是说与天神作博,不胜则辱之,可见"博"是一种很久远的形式了。汉代出现的博就很成熟了。汉代有投二箸的博、投六箸的博和投八箸的博。但投二箸的博、投八箸的博在汉代都不太盛行,我们现在能看到的只有六博了。它成了"博"的代名词,似乎没有其他形式似的。六博的玩法是:两个人对局,局上有六黑六红或六黑六白,一共十二颗棋子,每人有六颗,互相轮流投箸,然后根据投箸的结果行棋,行棋的步数由博的结果决定,行棋的路线则依博局的十二曲道而行。这就是博的法则。

东汉的时候,有了新的玩法,出现了小博这种新的方式(六博往往被叫作大博)。张湛《列子》注中引用了一段文字,记载了小博的玩法:"博法:二人相对为局,局分为十二道,两头当中为'水',用棋十二枚,古法六白六黑。又用'鱼'二枚,置于水中……二人互掷彩行棋,棋行到处即竖之,名为'骁棋'。即入水食鱼,亦名'牵鱼'。每牵一盏,获二筹,翻一盏,获三筹……获六筹为大胜也。"这就是小博的玩法。这种新玩法,更新了六博的方式,导致后世许多六博其实都是小博。

博戏虽然为赌,但汉代赌禁不严。在许多方面,汉代还没有真正形成禁赌机制。也就是说,或许民间根本没有赌博这个概念。从汉代的法律看,除了《钱律》说不能伪造钱币,其他的法律,并未辟专章说明不能赌博。六博只是一种游戏,而不是一种赌博活动,这是汉代的一种特色,是必须要说明的。有时汉代法律也会讲一讲这些事,如"博戏相夺钱财,若为平者,夺爵各一级,戍二岁"。但这只是说输了不能赖,并没有禁赌的意思。

六博在汉朝贵族之间很流行,仿佛一种风尚似的,它不分大小,都一概为之。这样一种风尚,是一种合法的公开活动,风流往往更胜于赌博。《汉书·景十三王传》有载,刘去"师受《易》《论语》《孝经》皆通,好文辞、方技、博弈、倡优",就是说正的邪的他都会,当时的贵族皆如此。我们看出,当时的贵族有一种气氛,一方面要搞点风雅,另一方面,生活的情趣很重要。例如刘去,《汉书》里说他"其殿门有成庆画(古勇士,后世之门神画滥觞于此),短衣大绔长剑,去(即刘去)好之,作七尺五寸剑,被服皆效焉"。他简直不把居所当一回事,把奇装异服装作一种风度,当然不会把赌博当一回事。东汉的梁冀也是这个样子。《后汉书》说他"逸游自恣。性嗜酒,能挽满、弹棋、格五、六博、蹴鞠、意钱之戏",这也是一副风流才子的样子。

在重大的公共活动中,六博也很流行。在汉代的壁画中,我们可以看到,公共盛典的仪式,都会有弹棋作歌者,那种气氛,就有六博的参与。这样一种风尚,如其说是博戏,不如说是一种狂欢仪式。当时的各种盛典,都会有博具的参与,如《汉书·五行志》记载,"其夏,京师郡国民聚会,里巷阡陌,设张博具,歌舞祠西王母"。汉代有祭祀西王母的习俗,有遥遥飞升的愿望,然而有了博戏的参与,呈现的却是一派人间烟火气。这样一幅画面,实在是够有趣,它体现了一种人的骄傲,像是在与神竞争,彼世的繁华究竟不如今世的欢娱,在神的面前,人是渺小的,但同时也是伟大的,人与神在祭祀活动中共同表演着一场合奏,这是汉代独有的画面。其他地方也出现了表现类似场景的墓葬,这些墓葬表明,六博作为一种游戏,深深烙印在汉朝人的血液中,已经从一种娱艺,上升为一种文化,这在后世也是没有的。这种汉朝独有的风貌,是不可复制的文化瑰宝。

正因为六博在社会上的风行,宫廷里也设置了相应的职位。西汉就有专门的博待诏官,这是专门设置的一种博戏人员,或者说游戏人员。后世也有棋待诏的设置,但与这种品位毕竟是两样。《汉书·吾丘寿王传》里说:"(寿王)年少,以善格五召待诏,诏使从中大夫董仲舒受《春秋》,高才通明。"这也就是说,当时的待诏还是要有点文化功底的。这就是汉朝的博戏文化。那时候还出现了不少著作,专门讨论六博之术。三辅小儿流行一首歌:"方畔揭道张,张畔揭道方,张究屈玄高,高玄屈究张。"这是许博昌作的一首六博秘诀,可见那时六博流传的广度。

六博为什么能在汉代盛行呢?除了宽松的社会文化环境,与民休息的政策也是一个缘故。经过秦末的动乱,统治者崇尚无为,推行休养生息政策,这就放任了许多民间游艺的发展。六博也就在这个社会背景下发展起来,越发壮大,直到吆喝到宫廷里。这些吆五喝六的喊声,是汉代精神气的写照。汉代统治者的宽容,也是六博盛行的一个原因。他们不太重视民间的行动,任其发展,不加干涉,除了惩治违法乱纪的行为,几乎不太讲究什么道德纲常,因此民力也就发展壮大。到了汉武帝的时候,由于休息时间够久,统治者骄奢淫逸的欲望也膨胀起来,他们自己也喜欢六博,亲身参与其中,而且乐此不疲,这也是汉代的一个画像。统治者的纵容,更加促进了民间的蓬勃,这种游艺,也就真的遍布天下了。这种与民同乐的景象,保存在汉代壁画中,千载之后,仍栩栩如生。

这就是六博的发展史,然而它基本上在汉代就走向了终结,或者说被其他游戏所替代。在以后的历史中,各种游戏,尤其是传统博戏类的,多少都有六博的色彩。有人推论,现代的象棋类游戏很可能是从六博演变而来。

玩法

六博的玩法有很多种。据出土的六博棋具看,六博的棋局是由三个大小不同的方形组成的,棋盘上共20条线,每条直线上有三个落棋点，一共 24 个棋点。连接后的六博棋局，中央三个方框构成棋道。从出土文献来看，六博的双方各行 6 枚棋子，棋子一般是方形，大小、材质没有定制。

六博行棋步数并不确定。对博双方通过一定方式决定行棋的步数。

行棋规则是由先摆棋的一方决定先行棋，有时也由后摆棋的一方决定先行棋。棋每次移动，只能在相邻点之间通过连接的线条行棋，不能跳着走。行棋过程中，如果任何一方的三个棋子排列成一条直线，就可以吞食掉对方一个棋子，但不能吞食对方已成势的棋子。

六博的取胜方式是阻碍对方成势，吞食掉对方不成势的棋子，当对方棋盘上的棋子不足以成势时，即取得胜利。

六博获胜的关键在于筹码，筹码多则获胜。筹码的多少与对博的局数有关。

诗歌里的游戏

汉宫少年行

唐·李益

君不见上宫警夜营八屯,冬冬街鼓朝朱轩。
玉阶霜仗拥未合,少年排入铜龙门。
暗闻弦管九天上,宫漏沉沉清吹繁。
才明走马绝驰道,呼鹰挟弹通缭垣①。
玉笼金锁养黄口,探雏取卵伴王孙②。
分曹六博快一掷,迎欢先意笑语喧。
巧为柔媚学优孟③,儒衣嬉戏冠沐猿④。
晚来香街经柳市⑤,行过倡市宿桃根⑥。
相逢杯酒一言失,回朱点白闻至尊。
金张许史伺颜色⑦,王侯将相莫敢论。
岂知人事无定势,朝欢暮戚如掌翻。
椒房宠移子爱夺⑧,一夕秋风生戾园。
徒用黄金将买赋⑨,宁知白玉暗成痕⑩。
持杯收水水已覆⑪,徙薪避火火更燔。
欲求四老张丞相⑫,南山如天不可上。

李益(约748—约827),字君虞,凉州姑臧(今甘肃武威)人,唐代诗人,代宗时中进士,以礼部尚书致仕。擅边塞诗,七绝著名于时。

主旨

这首诗淋漓尽致地描写了盛唐时王孙公子们任侠优游的行为气势,同时也寄寓了时事变幻、人生无常以及贫士失主之慨。

注释

① 呼鹰挟弹通缭垣:架着鹰,挟着弹弓,就走入了宫墙。缭垣,围墙的意思。这是写对有些人而言晋升之容易。可与本书《樗蒲》章《逢杨开府》对读,韦应物少年时即过的这种生活。

② 探雏取卵伴王孙:摸得鸟蛋,抓得小鸟,逗给王孙玩。这是写以呼鹰走马作进身之阶。小小的笼子,也可以借此追攀天路。

③ 巧为柔媚学优孟:就像优孟一样巧戏承事楚庄王。优孟是楚国的伶人,善表演、模仿,曾帮助孙叔敖的儿子脱离困境,获得营生。

④ 儒衣嬉戏冠沐猿:我就学猴子穿上儒服,戴上帽子,糊弄一番也行。沐猴而冠,本是《史记》中讽刺项羽的话,说是徒有其表,而没有真本领。

⑤ 晚来香街经柳市:晚上我步入香街,经停柳市。香街,香室街,汉朝长安街的名字。柳市,汉代长安集市的名字。

⑥ 行过倡市宿桃根:我还去妓院转一转哦。倡市,倡优妓女集中的集市。桃根,王献之爱妾桃叶的妹妹,亦指歌妓。南朝费昶《行路难》:"君不见长安客舍门,倡家少女名桃根。"

⑦ 金张许史伺颜色:金日䃅、张安世、许广汉、史恭,伺候汉宣帝的脸色而行事。

⑧ 椒房宠移子爱夺：用汉武帝卫皇后典。汉武帝卫皇后晚年失宠，后江充诬太子刘据巫蛊欲害汉武帝，太子起兵诛江充，不成自杀，卫皇后赐死。宣帝时谥太子刘据为"戾"，故下文说"一夕秋风生戾园"。

⑨ 徒用黄金将买赋：也用汉武帝典，汉武帝原配夫人陈阿娇失宠，向司马相如买赋欲打动武帝，后果然再度受宠，然亦不长。

⑩ 宁知白玉暗成痕：怎么知道白玉暗暗地有了斑点呢？纵然千金能买相如赋，还是抵不了无常的蹉跎。因为买赋通天不是人人能做到的，大多数人还是失路而已，所以说"白玉暗成痕"。

⑪ 持杯收水水已覆：用姜太公典。姜太公贫时，马氏离之，后显贵，马氏要求复合，姜太公覆水于地上，言汝能收水于地，即可复情。又有一说，说是汉朝朱买臣的事。

⑫ 欲求四老张丞相：用汉初典。四老即商山四皓，张丞相，张良，求贤之意。

诗里诗外

诗人有时候会有两面性，你看李益，写得出"回乐烽前沙似雪"（《夜上受降城闻笛》），却又与霍小玉结成孽缘（见《霍小玉传》），委实是一个复杂的人。

然而他的诗写得很清丽，犹有盛唐之余气，不是那么沉重，但是明显又没有盛唐那种壮阔，仿佛与那个时代无关，自去写他的调子。这样一个人，内心是怎样的呢？我们不去评价他的个人道德，只从诗来论，可以认为他是一个随性的人。你看他写《野田行》：

> 日没出古城，野田何茫茫。
> 寒狐啸青冢，鬼火烧白杨。
> 昔人未为泉下客，行到此中曾断肠。

野田一片茫茫，诗人在夕阳西下时漫步，也不介意这有多么悲凉，《夜上受降城闻笛》也是这样写出来的，他只是淡淡地写出那种余哀，这确实是盛唐的余照。他活到文宗时候才去世，还是天宝年间生人，没有人比他更能见证那个时代的了吧！他从中唐活到了晚唐，说不清有多少辛酸在他一生之中，然而他写起诗来依然是这个样子，亦可谓不为时代所动了。

樗蒲

科普 //

樗蒲是一种古代的棋类游戏，投掷有颜色的五颗木子，用颜色来决定胜负，类似今天的掷骰子。

历史

樗蒲一词初见于《西京杂记》，里面说："京兆有古生者，学纵横、揣摩、弄矢、摇丸、樗蒲之术，为都掾史四十余年，善𪧐谩。"一个不学无术的人，尽学这些东西，竟也混到了都掾史的职位，干了四十多年。樗蒲是一种游戏，它是继六博之戏之后，汉末盛行起来的一种棋。樗蒲中用于掷采的骰子是用樗木制成的，所以叫作樗蒲。

东汉时人对于樗蒲的玩法已经很熟悉了。东汉马融作《樗蒲赋》一文，文中说："昔有玄通先生，游于京都，道德既备，好此樗蒲。伯阳入戎，以斯消忧。枰则素旃紫罽，出乎西邻，缘以缋绣，紩以绮文。杯则摇木之干，出自昆山。矢则蓝田之石，卞和所工，含精玉润，不细不洪。马则元犀象牙，是磋是砻。杯为上将，木为君副，齿为号令，马为翼距，筹为策动，矢法卒数。于是芬葩贵戚，公侯之俦，坐华榱之高殿，临激水之清流，排五木，散九齿，勒良马，取道里。是以战无常胜，时有逼逐，临敌攘围，事在将帅，见利电发，纷纶滂沸，精诚一叫，十卢九雉，磊落踸踔，并来猥至，先名所射，应声纷溃，胜贵欢悦，负者沉悴。"这就是当时玩樗蒲的场面，大家吆五喝六的，十分壮观，并且分了棋子，各有各样的形制。这是当时东汉人的记录，可见那时，樗蒲已经很成熟了。

魏晋南北朝时期，樗蒲进入了最兴旺的时代。《世说新语·方正》记载："王子敬数岁时，尝看诸门生樗蒲。见有胜负，因曰：'南风不竞。'门生辈轻其小儿，乃曰：'此郎亦管中窥豹，时见一斑。'子敬瞋目曰：'远惭荀奉倩，近愧刘真长。'遂拂衣而去。""南风不竞",是指衰微之音,暗指南边的一方将输。这是王子敬小时候看出的结果,因常观看,能断定樗蒲双方的输赢,流露出对自身樗蒲水平的自信。《任诞》篇亦有记载:"温太真位未高时,屡与扬州、淮中估客樗蒲,与辄不竞。尝一过,大输物,戏屈,无因得反。与庾亮善,于舫中大唤亮曰:'卿可赎我!'庾即送直,然后得还。经此数四。"温峤嗜樗蒲如命,竟然屡次输得不能脱身,庾亮便四次解救他,一代枭雄于玩乐之时竟至如此狼狈,这也体现了樗蒲的竞争意识和冒险精神之魅力所在,可见那时樗蒲的风靡程度。

也许正因为这个缘故,西晋时的陶侃就极力反对樗蒲。《晋书·陶侃传》有云:"诸参佐或以谈戏废事者,乃命取其酒器、蒲博之具,悉投之于江,吏将则加鞭扑,曰:'樗蒲者,牧猪奴戏耳?老庄浮华,非先王之法言,不可行也。君子当正其衣冠,摄其威仪,何有乱头养望自谓宏达邪?'"陶侃认为樗蒲是牧猪之人的游戏,老庄是浮华乱言,不是先王的正典,都是不可行的东西。君子应该整理衣冠,敛其威仪,怎能天天蓬头散发,却装作宏达的呢?这也可见那个时候,樗蒲和老庄玄言一样,都不是君子喜欢的东西,但是又是风靡天下的,许多人沉湎其中,因此废了正事。陶侃对此很不满,于是便严厉地惩治他的部下,将樗蒲之具投到江河中,不过这也禁止不了这种"歪风邪气"。

那时候连皇帝也参与其中。《晋书·胡贵嫔传》记载:"帝尝与之樗蒲,争矢,遂伤上指。"晋武帝和胡贵嫔玩樗蒲游戏,为各自的齿彩相互争夺箭,皇帝竟然弄伤了手指。那时候的樗蒲已经到了深宫中,皇帝也不避讳玩这种游戏,并且玩得很尽兴,连受伤了都不计较。这种游戏确实有一定危险性,因为它是带着箭来实施的，皇宫大院里怎么容得下这种东西呢？然而究竟流行了，皇帝也并不禁止，这在后世的皇宫中，简直不可想象。

唐朝时樗蒲仍然兴盛着。杜牧《池州送孟迟先辈》说："商山四皓祠，心与樗蒲说。"韦应物《逢杨开府》道："朝持樗蒲局，暮窃东邻姬。"这都写出了当时樗蒲的随便可得。杜甫《今夕行》："今夕何夕岁云徂，更长烛明不可孤。咸阳客舍一事无，相与博塞为欢娱。冯陵大叫呼五白，袒跣不肯成枭卢。英雄有时亦如此，邂逅岂即非良图。君莫笑刘毅从来布衣愿，家无儋石输百万。"东晋刘毅曾经"家无儋石之储"却"樗蒲一掷百万"，此风在唐朝仍然存在。岑参《送费子归武昌》："知君开馆常爱客，樗蒲百金每一掷。"王建《宫词》："避暑昭阳不掷卢，井边含水喷鸦雏。内中数日无呼唤，拓得滕王蛱蝶图。"这也是赌博的场景，并且赌出了风采。郑嵎《津阳门诗》云："上皇宽容易承事，十家三国争光辉。绕床呼卢恣樗博，张灯达昼相谩欺。"唐明皇还是很好伺候的，我们尽情玩乐吧。那时有一种宽容的气氛，也就很适合樗蒲这种游艺的发展，这就是唐朝时候的景象。

北宋时候，樗蒲就不那么兴盛了，究其原因，是官方觉得这种游戏太危险，倒不如简简单单为好。《宋史·太宗本纪》载："闰月辛未朔，日有食之。戊寅，祷雨。丁亥，诏内外诸军，除木枪、弓弩矢外不得蓄他兵器。己丑，诏：京城蒲博者开封府捕之，犯者斩。"统治者将樗蒲提到了死罪这么高的高度，可见禁止之严厉。又《宋史·薛季宣传》中说："诸总必有圃以习射，禁蒲博杂戏，而许以武事角胜负，五日更至庭阅之，而赏其尤者。"那就不要玩那么危险的游戏，简简单单练练武就行，那些蒲博杂戏，以后不准再玩了。于是李清照写《打马赋》,说:"岁令云徂,卢或可呼。千金一掷,百万十都。樽俎具陈,已行揖让之礼;主宾既醉,不有博弈者乎!打马爱兴,樗蒲遂废。"人们都玩"打马"了,没有樗蒲这种东西了。这便让樗蒲走下了历史舞台。

到了明朝的时候,樗蒲就只存在于历史的记载中。它不再是一种形象的存在,似乎只是一种观念的表达。方以智在《通雅》中说:"今世蜀地织绫,其文两尾尖削,而中宽广,不象花,亦非禽兽,曰樗蒲锦,其遗像乎?按:《元丰九域志》,贡樗蒲锦,岂天子而取锦以供樗蒲,可以正名乎?程说是也。《辍耕录》载标画有樗蒲锦。徐文长引唐诗'画栏红紫斗樗蒲',盖言其锦文也。"关于樗蒲,只剩下锦文了,人们只能在观念中回想它的存在。这就是说,它永远消失在了人们的视野中。这也就是樗蒲的历史。

樗蒲这种东西很短暂,尽管它比六博存在的时间要稍微长一点,但终究还是作为一种野玩被大众拒斥了。这其实是文化心理的作用。它为封建士大夫所不容,尤其到了后期,其性过野也是被大众慢慢抛弃的一个原因。这就不如围棋之类,通脱平和,容易被人所接受,而终究流传下来。

玩法

樗蒲的玩法像飞行棋,游戏所用的骰子一共有五枚,有白有黑,这叫作"五木"。"五木"可以组成六种不同的排列组合,形成六种彩(樗蒲的彩也可称作"齿")。六种彩中,全黑的叫作"卢","卢"

是最高彩，四黑一白的叫作"雉"，次于卢一等，"卢""雉""犊""白"这四种彩为"贵彩"，或称"王彩"，樗蒲的玩家掷彩时往往大喊大叫，希望得到"卢""雉"两大彩，这便是成语"呼卢喝雉"的由来。除了"卢""雉""犊""白"，其余便是杂彩。

樗蒲初始布置的时候，将所有细长的密箭排成一长列，将细箭分成三"聚"。每"聚"的箭间留有空隙，当作棋位，这便叫作"笯"。长列的两端是起点和终点。

每"聚"间的空隙叫作"关"，这不是下棋的地方，一共有两处。

每"关"前的一个棋位叫作"坑"，"关"后的一个棋位叫作"堑"，"坑""堑"各有三处。

所有棋子先置于起头的地方。

若玩家轮流将五木放在杯里摇晃着掷出来，依彩数移动自己的棋子，向终点前进，行进过程中可以越过其他棋子，到空位、自己的棋的地方、或者数量少于等于己方移动棋子数的敌方棋处。

如果到了敌方棋处，就将对方的棋子打回起点。由此获得一回合，并将约定的筹码收归己有。

如果到了自己的棋处，就将这些棋子叠在己方棋上，然后一同向前移动。

如果掷出"杂彩"，并且彩数大于或等于距离"关"的步数，就将棋子移到"关"前面的"坑"，玩家须掷出"贵彩"才能移步。

若玩家掷出"贵彩"，棋子越过"关"，或者在"坑""堑"的棋子移出原地，玩家再获得一回合。

玩家掷出"退六"，一枚棋子可打回最多五枚敌方的棋子。

自己的棋子先到达终点为胜。

逢杨开府

唐·韦应物

少事武皇帝①,无赖恃恩私。
身作里中②横,家藏亡命儿。
朝持樗蒲局③,暮窃东邻姬。
司隶不敢捕,立在白玉墀。
骊山风雪夜,长杨羽猎时。
一字都不识,饮酒肆顽痴。
武皇升仙④去,憔悴被人欺。
读书事已晚⑤,把笔学题诗。
两府始收迹⑥,南宫谬见推。
非才果不容,出守抚惸嫠⑦。
忽逢杨开府,论旧涕俱垂。
坐客何由识,惟有故人知。

韦应物,生卒年不详,字义博,京兆杜陵(今陕西省西安市)人。唐代诗人,世称"韦苏州""韦江州"。以门荫入仕,曾外放,任滁州、江州刺史,检校左司郎中、苏州刺史。他是山水田园派诗人,诗风澄澹精致,内容丰富,继承王维、孟浩然诗的气度胸怀、意境风格及写作手法,成为山水田园派的大家。

主旨

此诗写身世之感,遇杨开府,尽吐心中块垒,可以视作韦应物的自传。

注释

① 少事武皇帝:韦应物曾经做过唐玄宗的近侍,故云少事武皇帝。唐人常以汉武帝比唐玄宗。

② 里中:指同里的人。里,《说文解字》:"居也,从田从土,凡里之属皆从里。"里的本义是乡村的庐舍、宅院,后泛指乡村居民聚落。《周礼》:"五家为邻,五邻为里。"后又指邻居。

③ 朝持樗蒲局:早上就拿着樗蒲的赌具满街晃。这是说闲来无事,整天就做这些事。

④ 升仙:又称登仙、登真、飞升、升遐、升真。道士修道成功叫得道,飞升上天叫升仙,意即得道成仙。又因仙人能像鸟一样飞升,故将升仙喻称为羽化,今俗呼道士之死即为羽化。道教有许多升仙故事,如黄帝乘龙升天,张天师白日飞升,三茅真君乘云升天,许旌阳拔宅升天,蓝采和乘鹤升天等。这里是指皇帝驾崩。

⑤ 读书事已晚:这是说走正途入仕已难。韦应物以门荫入仕,中途折节读书,十分艰难,所以见杨开府会有感兴。

⑥ 两府始收迹:河南府和京兆府都开始注意到韦应物这个人,他才做了官。这里是谦辞,是说官做得不大。所以后面说"非才果不容",不是那个才能

诗歌里的游戏

却做了那个官,这怎么能做得长呢?所以只能去抚慰孤儿寡妇了。

⑦ 出守抚茕嫠:茕,没有兄弟,孤独。《汉书·外戚传》:"神茕茕以遥思兮。"引申为忧愁貌。嫠,寡妇。苏轼《赤壁赋》:"泣孤舟之嫠妇。"韦应物被外遣,做安抚孤儿寡妇的地方官。

诗里诗外

韦应物擅长写景,其名作《滁州西涧》有云:"独怜幽草涧边生,上有黄鹂深树鸣。春潮带雨晚来急,野渡无人舟自横。"这是很多地方都能见到的景象,让人读着读着,眼前就会呈现出一幅画来。他不是科举出身,应该说,做官不是太有才能的。他少小时很纨绔,过尽了荣华的日子,却因玄宗走蜀,另立新帝,遂失其宠,从此折节读书,想从仕途出人头地。这就是诗中写的"武皇升仙去,憔悴被人欺。读书事已晚,把笔学题诗",他终究成了一个诗人,却仕途蹭蹬。他有很多写景的佳作,都带有一丝沉郁气息,如《始夏南园思旧里》:

夏首云物变,雨余草木繁。
池荷初帖水,林花已扫园。
萦丛蝶尚乱,依阁鸟犹喧。
对此残芳月,忆在汉陵原。

他是一个深情的人。后人读到此诗,总会不禁想到缠绵的情歌。你看阁子上的鸟犹在叫,林花却已经布满了小园。此可谓诗画一体了。

但他也写过一些豪壮的诗,如"兵卫森画戟,宴寝凝清香。海上风雨至,逍遥池阁凉"(《郡斋雨中与诸文士燕集》)。多么豪迈的景象,多少文士聚集在此!这是他的身世之感,他的后半生都在漂泊之中,而此时的景象,竟让他找到了些许的安宁,这是这首诗的意蕴。

弹棋

科普 //

弹棋，古代的一种棋戏，二人对局，黑白棋子各有若干枚，下棋的时候先放置一枚棋在棋盘之一角，用指弹击对方的棋子，己方棋子先被击中取尽，就算输。

诗歌里的中国

历史

晋葛洪《西京杂记》里说:"(汉)成帝好蹴鞠,群臣以蹴鞠为劳体,非至尊所宜。帝曰:'朕好之,可择似而不劳者奏之。'家君(指刘向)作弹棋以献,帝大悦,赐青羔裘、紫丝履,服以朝觐。"这是一种轻松的游戏,可以解决君王的劳体问题,不至于那么累,这就是弹棋的起源。

魏文帝曹丕很喜欢玩弹棋。他在《典论》里说:"余于他戏弄之事少所喜,唯弹棋略尽其巧,少为之赋。昔京师先工有马合乡侯、东方安世、张公子,常恨不得与彼数子者对。"这是他最喜欢玩的一种游戏,所谓能"略尽其巧",就是指玩得很不错。夏侯惇也喜欢玩弹棋,作了一篇《弹棋赋》,里面说:"嫌深宇以舒情,邅众艺以广娱,观奇巧之瑰丽,律弹棋之妙殊。"这是给了弹棋相当高的评价。其结尾说"实机艺之端首,固君子之所欢也",认为它是一种大众君子都喜欢的游艺,很有些分量!到了梁简文帝时期,他写了一篇《弹棋谱序》,里面道:"反八均高阳之数,四角思汉后之歌。飞九同晋侯之琴,徘徊异邺中之辇。牵牛觉乘槎之来,织女拟云軿之去。"这是说弹棋的玩法,虽然有很多弯弯绕绕的,但很有乐趣。

到了隋唐时候,有很多人都喜欢玩弹棋,像杜甫、王维、白居易、柳宗元、韦应物、李颀、卢谕、王建、李商隐、张廷珪、阎伯均,都留下过有关弹棋的诗文,这就推进了弹棋的普及,不再那么小众化了,成了一项大众化的游戏。《隋书·经籍志》里有《弹棋谱》

诗歌里的游戏

一卷,可见那时的人,已经开始注意对其进行理论总结。柳宗元也写过一篇《序棋》,这个棋指的就是弹棋,里面说:"抵戏者二人,则视其贱者而贱之,贵者而贵之,其使之击触也,必先贱者,不得已而使贵者,则皆慄焉愔焉,亦鲜克以中。"这是写弹棋的心态,贵子不敢使,怕浪费了,一定要从贱者使起,就像出牌从小牌出一样,这样一种心态,怎么能成事呢?但这也是一种总结,可见,那时的士人,已经很会玩弹棋了。

那时候玩弹棋的人,已经不仅仅是王公贵族。岑参诗写道:"饮酒对春草,弹棋闻夜钟。今且还龟兹,臂上悬角弓。平沙向旅馆,匹马随飞鸿。"(《北庭贻宗学士道别》)这是写军人的弹棋,在大漠飞沙之中,下上一局棋,这就是唐风。又如杜甫诗云:"席谦不见近弹棋,毕曜仍传旧小诗。玉局他年无限笑,白杨今日几人悲。"(《存殁口号二首》其一)席谦是道士,这是写生死之感,你看那些人都不在了,弹棋不觉得寂寞吗?可见那时候的人,无论五湖四海,都要玩一把弹棋,作为消遣。它似乎是一个意象,是最具唐人气息的游戏,别的时代都不曾有过这种感觉。

王涯写过一首《宫词》:"炎炎夏日满天时,桐叶交加覆玉墀。向晚移镫上银篝,丛丛绿鬓坐弹棋。"这是写大明宫里宫女玩弹棋的景象。你看那金碧辉煌的宫殿,宫女就坐在里面,绿衣绿裙的,就在玩着弹棋,这天多炎热啊,用这消消暑吧。

韦应物专门作过一首《弹棋歌》:

> 圆天方地局,二十四气子。刘生绝艺难对曹,客为歌其能,请从中央起。中央转斗破欲阑,零落势背

谁能弹。此中举一得六七,旋风忽散霹雳疾。履机乘变安可当,置之死地翻取强。不见短兵反掌收已尽,唯有猛士守四方。四方又何难,横击上缘边。岂如昆明与碣石,一箭飞中隔远天。神安志悫动十全,满堂惊视谁得然。

这是写弹棋的大势。你看这个人的技艺,没有人可与他匹敌,这就很厉害了,他倏忽间就已经占尽了优势,全部都是他的"兵"了。这就是难撼动的一种态势,是大家啊!这是韦应物写的一个奇人,借着弹棋发越出来,不亚杜甫笔下的公孙大娘。他要是一出手啊,你们十个人都不是对手。此种人的境界("神安志悫动十全"),如庄子(《达生》)所说,已经越乎技矣,达到了道的高度。

李商隐写过:"本是丁香树,春条结始生。玉作弹棋局,中心亦不平。"(《柳枝》)这是写所才非所用,不过也可见那时的形制,弹棋有时候是用玉做的,可见够奢侈了。唐时弹棋的质地只此一处记载,这引得后人来考索。《梦溪笔谈》上说:"弹棋今人罕为之,有谱一卷,盖唐人所为。其局方二尺,中心高,如覆盂,其巅为小壶,四角微隆起。今大名开元寺佛殿上有一石局,亦唐时物也。李商隐诗曰'玉作弹棋局,中心亦不平',谓其中高也。白乐天诗'弹棋局上事,最妙是长斜','长斜'谓抹角斜弹,一发过半局,今谱中具有此法。"(《梦溪笔谈·技艺》)弹棋在宋时已经很少见了,那到底是什么样子呢?只能从佛殿的石局上看出一点端倪。

许多大诗人也写过弹棋,不只是杜甫的"席谦不见近弹棋,毕曜仍传旧小诗"。白居易有诗云:"弹棋局上事,最妙是长斜。"

诗歌里的游戏

(《和春深二十首》其十七）王维写道："不逐城东游侠儿，隐囊纱帽坐弹棋。蜀中夫子时开卦，洛下书生解咏诗。药阑花径衡门里，时复据梧聊隐几。"这是一幅十分悠闲的画面，那些人有弹棋的，也有打卦的，还有赋诗的，而我只想做个隐士。这些大诗人的诗，在当时肯定产生过影响，进而带动了弹棋的发展。他们这些作品，轻易流传不下来，有些只有几句残句。如果他们能多写几首，弹棋说不定就是另一番面貌了。

但到宋朝之后，这种游戏就不见了，只能考索而得，其中原因，有很多方面吧。你像这种气象"饮酒溪雨过，弹棋山月低"（岑参《澧头送蒋侯》），这是宋朝人不会写的东西；再比如同样的岑参的"中酒朝眠日色高，弹棋夜半灯花落"（《与独孤渐道别长句兼呈严八侍御》），这是贵族气象，宋朝人更不会写。这样的一种感觉，也就湮没在时光中了。

玩法

弹棋的具体玩法如下，二人相对，在棋盘的突出体的两边各摆上六枚棋子，分黑白行棋，按点布列，双方一共十二枚。有点像双陆的味道。那时候的游戏有很多相似之处的，也不知道是不是有互相影响，或是互相替代的部分。有很多文献记载了弹棋的玩法。魏文帝《弹棋赋》里说："局则荆山妙璞，发藻扬晖，丰腹高隆，庳根四颓。平如砥砺，滑若柔荑。棋则玄木北干，素树西枝，

诗歌里的中国

洪纤若一,修短无差。象筹列植,一据双螭。滑石雾散,云布四垂。"这是相当华丽的装置了,要费功夫研究,所谓"苞上智之弘略,允贯微而洞幽",就是讲的这个。张廷珪《弹棋赋》也说:"其为局也,不徵荆山之璞,不用蓝田之质,兀若元龟之起,烂若繁星之出。约胜负,仗明信,俱分类而抗行,咸背深而列阵。唯智是役,唯贪是慎。败不同奔,斗不齐进。晓之者敌众多以寡少,懵之者起径寸犹万仞。徒观其弹射万变,精妙入神,口与心计,行随意新。"

弹棋歌

唐·李颀

崔侯善弹棋,巧妙尽于此。
蓝田美玉清如砥,白黑相分十二子①。
联翩百中皆造微,魏文手巾不足比②。
缘边度陇③未可嘉,乌跂星悬④危复斜。
回飙转指速飞电,拂四取五旋风花⑤。
坐中齐声称绝艺,仙人六博何能继⑥。
一别常山道路遥,为余更作三五势⑦。

李颀(?—约757),唐朝诗人,祖籍赵郡(今河北赵县),开元二十三年(735)进士,任新乡县尉,善五七言歌行、七律,天宝末年去世,有《李颀集》。

主旨

这首诗写崔侯弹棋之情状,细致入微。弹棋者技巧之纯熟、技艺之高超、弹法之变化,可谓精妙绝伦。

注释

① 白黑相分十二子:一共十二枚棋子,各分黑白,这是弹棋的体制。
② 魏文手巾不足比:魏文帝好弹棋,能以手巾角拂之,无不中。这是说当事人技艺高超,魏文帝的水平也比不上的。
③ 缘边度陇:轻轻地擦身而过,棋势微妙。
④ 鸟跂星悬:鸟翘起了毛,像星星悬挂的样子。这是写棋势的妙,高到绝艺,使人赞叹。诗词里常有这种写法,如白居易《琵琶行》,"间关莺语花底滑,幽咽泉流冰下难",写琴艺的高超。这都是用比喻,写难写之状。
⑤ 拂四取五旋风花:这是写一种手法,形容去取拿捏得很准确。
⑥ 仙人六博何能继:连仙人六博的姿势都比不上了,这是赞叹,说技艺迥然绝尘,连神仙都比不上。这种夸张的手法,唐诗里常用,如韩愈"颖乎尔诚能,无以冰炭置我肠",是说(听琴)听不下去了,受触动太大。唐人的想象力可见一斑。
⑦ 为余更作三五势:我还要再多几个势头。这是弹棋的下法,要多势才能赢。李颀诗另有"清淮奉使千余里,敢告云山从此始",与此句同意,都有一种英雄壮阔感。

诗歌里的游戏

诗里诗外

李颀是个幸运人，生在大唐盛世，就没遭过什么罪，安史之乱时也已经去世了，所以他的诗是典型的盛唐之音。

他有《听董大弹胡笳弄兼寄语房给事》，"日夕望君抱琴至"，这是《笑傲江湖》最后的场景，任盈盈抱着琴等着令狐冲归来。这种气象非盛唐人写不出来，那种渴慕英雄的气概，气定神闲的风度，自信横绝万里。

双陆

科普 //

　　双陆是古代的一种棋盘游戏，有点类似今天的象棋。棋盘上两边各置十二格，对局的双方各持十五枚黑色或白色的棒槌状的马头棋子立于己边，比赛时按掷骰子的点数行走，先走到对方区域者就获胜。

历史

双陆有不少其他名称，如握槊、长行、波罗塞戏，这跟历史流传有关。《说郛》引《声谱》云："博陆，采名也。魏陈思王曹子建制双陆局，置骰子二；至唐末有叶子之戏，未知谁置，遂加骰子至于六。又老子度函谷关，置樗蒲戏，俱曰博。"这就说得比较复杂了，可见双陆有种种复杂的起源，但大约都跟六博或樗蒲有关系，甚至跟老子那时候的游戏也有一点渊源。这可见，双陆本身就是一种混合产物。

双陆于南北朝时开始见诸记载。《北史·尔朱世隆传》里面说："初，世隆与吏部尚书元世俊握槊，忽闻局上诙然有声，一局子尽倒立，世隆甚恶之。"《北齐书·和士开传》里也说："世祖（即北齐世祖高湛）性好握槊，士开善于此戏。"世祖高湛喜欢这个东西，刚好和士开擅长，于是就成了君臣相好。《北史》里有不少这样的记载，可见双陆在当时的风行。《南史》里也有记载，《侯景传》上说："尝与王（湘东王萧绎，即后来的梁元帝）双六，食子未下，贲曰：'殿下都无下意。'王深为憾，遂因事害之。"这是下出了过节。这些热衷下双陆的人，玩得乐不思蜀，竟下出了友谊亲疏来。

不过双陆在南北朝时并不是太盛行。今可见资料，如《世说新语》《颜氏家训》，都不太记载双陆的现象，相反，倒是樗蒲之类，多所见诸笔端。可见双陆在魏晋南北朝之时，未必是士大夫热衷的。

但唐朝已经有双陆大规模传播的现象了，并开始流传到宫廷中。有一个有名的传说，说武则天有一次做梦，梦到行双陆不胜，醒来后问大臣,这是什么迹象。大臣答道,这是警示陛下无子也,就是说她不立太子,天意示警了。这是巧妙利用帝王之梦,以巧行其诤谏。这也可见那时双陆的普泛,甚至可以用于政治劝谏。《说郛》里记载:"双陆之戏最盛于唐,当武后时,宫中梦双陆不胜,则唐人重此戏可知。"

唐朝人对双陆还是很痴迷的。《朝野佥载》中记载:"咸亨中(唐高宗时),贝州潘彦好双陆,每有所诣,局不离身。曾泛海,遇风船破,彦右手挟一板,左手抱双陆局,口衔双陆骰子。二日一夜至岸,两手见骨,局终不舍,骰子亦在口。"为了双陆几乎不要性命了,可见其痴迷程度。有些诗文也反映了双陆的普及。如李贞白《咏罂粟子》:"倒排双陆子,希插碧牙筹。既似牺牛乳,又如铃马兜。鼓摧并瀑箭,直是有来由。"这是借双陆来写罂粟,可见那时的普及程度。但要是过火的话,礼法也会责罚,比如唐朝法律规定:"丧之内……若忘哀作乐,自作、遣人等,亦徒三年。杂戏,徒一年。乐,谓金石、丝竹、笙歌、鼓舞之类。杂戏,谓樗蒲、双陆、弹棋、象博之属。"这些游戏在丧期之内都是不能玩的,这就是一种牵绊作用。

宋朝的双陆,就比较平民化了,仿佛经过了唐朝的盛世,它也变得普及了一样。这就是一种趋势,先由宫廷里流行,然后再普及民间,许多游戏都是这个样子。《松漠纪闻》载:"燕京茶肆,设双陆局,或五或六,多至十博者,蹴局如南人茶肆中置棋具也。"这是北方玩双陆的景象,茶馆里都设有双陆的棋具,南方也有类似的东西,可见是南北都普及的一项事物。这也可见,那时候的双陆,打破了宫廷与市井的界限,变得大众化起来。

诗歌里的游戏

双陆还传到了北方的辽金，那些人玩得也很痴迷。《辽史》记载："上（辽兴宗耶律宗真）尝与太弟重元狎昵，宴酣，许以千秋万岁后传位。重元喜甚，骄纵不法。又因双陆，赌以居民城邑。帝屡不竞，前后已偿数城。重元既恃梁孝王之宠，又多郑叔段之过，朝臣无敢言者，道路以目。一日复博，罗衣（伶官）轻指其局曰：'双陆休痴，和你都输去也！'帝始悟，不复戏。"这是不管弟弟是不是目无王法，也要奉弟之欢，宠溺过度了。但朝臣也依样画葫芦，用双陆来劝谏，"再这样下去，你的江山也要输给你弟弟了"，辽兴宗这才知道悔改。又《三朝北盟会编》记载："道宗末年，阿骨打来朝，以悟室从。与辽贵人双陆，贵人投琼不胜，妄行马，阿骨打愤甚。"这是说对方不顾双陆的规矩，乱行一通，这让阿骨打很愤恨。可见，游艺这个东西，不论世俗的身份贵贱，乐在其中者，都是平等的。

元朝的双陆有某种学究化的味道。刘鹗《惟实集·双陆》中说："挎蒲小戏只消忧，但恨无人为点筹。几个疏星榆塞晓，半弯残月雁门秋。六军先满俱成列，单马如飞肯少留。迟疾知几应甚速，不知何日取封侯？"这不是说樗蒲戏复活了，而是用古称代指双陆。你看那玩得多尽兴，星星满天的，月亮挂疏桐，这些残局怎么收拾啊！那时候有人还整理了双陆的著作，《四库全书总目》记载："双陆谱一卷，永乐大典本，旧本题丫角道人撰，前有元林子益序，称双陆之戏始于陈思王。道人来闽，随动而应，无不胜者。一日遗此书而去，竟泯其迹。于是人以丫角仙称之，得是谱者用之如神矣云云。其书有图、有例、有论。于进退弃取之机、言之颇详。"这是元朝时候的武功秘籍，得之者必胜。这些武功秘籍，

◆唐周昉内人双陆图 卷(局部)

图绘有一双陆桌,桌内有双陆棋盘,本为胡人游戏,玩法以异木为盘,盘中彼此内外各有六梁,故得名。月牙凳为唐代新兴家具,专为贵族妇女所坐。

流传到市井中，培养了多少武林高手，然而都名不见经传，这就是市井传抄的功效，许多功法就这么流传开来，其中也不乏真知灼见，即如双陆之游艺，也未必没有惊世之奇才。

到了明清时候，双陆就走向式微了。究其原因，还是由于它的赌博性质。那时候也有因为礼教而反对双陆者，如明曹端说："棋枰、双陆、词曲、虫鸟之类，皆足以蛊惑心志，废事败家，子孙一切弃绝之。"这说得多么严厉，仿佛要弃绝一切游艺似的，然而他自己是否能够做到，也是说不准的事。这种游戏实在禁不了的，有诗写道："水月相忘坐此清，缁衣空窃好贤名。吴中词伯还双陆，洛下儒宗亦二程。几信宫墙无路入，极知水火有人争。传心好亦当年事，三绝韦编付短檠。"（林俊《赠王履约履吉二生》）这是借吴中二陆，巧妙地代指双陆的流行。诗人的喟叹其实也有很多市民哲学的味道。可见那时候的双陆棋，很大程度上起了一种道德解放的作用，跟词曲一样，成了一种风流的手段。大家按规矩来过生活，也显得太闷了，总要有些调剂的东西。即如《金瓶梅》中也提到，潘金莲、孟玉楼、吴月娘也会行双陆棋，这就更加是一种象征，礼法的世界已经毁去，恣情恣意的生活成了那时的风尚。

清代的禁赌更严，朝廷屡发科禁，禁止赌博的盛行，双陆也就在这时真正退出了历史舞台。那时候的禁赌，很大程度上是控制民间的意思，并不专为赌博而设的。如《大清律例·刑律·杂犯》中《赌博·条例》规定："官员无论赌钱、赌饮食等物，有打马吊、混江者，俱革职满杖枷号两个月，上司与属员斗牌掷骰者，亦均革职满杖枷号三个月，俱永不叙用。"这是很严厉的科禁，但也只是针对官员而言的。又《大清会典·刑律·赌博》中明确说："凡赌博财物者，皆杖八十，摊场财物入官，其开张赌坊之人同罪。止据见发为坐，职官加一等。"这就更加严厉了，连家产都要没收充公，开赌坊的人呢，一同治罪，最好是能连坐，供出所谋使之人，有官司职的加一等罪责。在这种环境下，哪还会有什么双陆呢？

但双陆的历史也没有因此而完结，它向西传播，传成了西洋双陆棋，至今在网络上还能看到。它以一种奇怪的形式，变成了电脑上的桌游，不得不说是一种出人意表的变化。我们现在还可以玩上这种游戏，作为一种传承，也实在是够有趣的事情。

玩法

关于双陆古时的玩法，历史典籍中还有记载。双陆的棋子也称"马"，呈立体形，棋子高约三寸二分，上径四分，下径一寸一分。开局的棋子一般每方各15枚，也有12枚或16枚的。元张宪《咏双陆》写道："君马一十五，臣马一十五。共成三十骑，相拒河之浒。君马黑虬龙，臣马赤虦虎。盘旋两阵间，不复计行伍。"这都是双陆子各15枚的范型。据《韵语阳秋》卷十七考述：

> 而楚辞补注乃引列子击博楼上，谓击打也，如今之双陆棋也。余谓双陆之制，初不用棋，俱以黑白小棒槌，每边各十二枚，主客各一色，以骰子两只掷之，依点数行，因有客主相击之法。

可见 12 枚双陆也是一种常制。

双陆的行棋规则如下,骰子二枚,轮流投掷,依掷出的彩数,决定双方行棋的先后及行止。双陆还有一个重要规则,棋子在局道上行进时,若遇到对方的孤子,便可打下,若对方的棋子是两枚以上并在一起的,则无可奈何。

念奴娇·双陆和坐客韵

宋·辛弃疾

少年握槊①,气凭陵、酒圣诗豪余事②。缩手旁观初未识,两两三三而已。变化须臾,鸥飞石镜③,鹊抵星桥外。捣残秋练④,玉砧犹想纤指。

堪笑千古争心,等闲一胜,拼了光阴费。老子忘机浑谩与,鸿鹄飞来天际⑤。武媚宫中⑥,韦娘局上⑦,休把兴亡记。布衣百万⑧,看君一笑沈醉。

辛弃疾(1140—1207),字幼安,号稼轩,南宋词人。历城(今山东济南市)人,生时北方已陷于金,后归宋,治军有方,官至龙图阁待制。作品以豪放著称,具爱国情操,融会经史子集,创造出多种风格。著有《稼轩词》。

诗歌里的游戏

主旨

这是借双陆戏来写兴亡事,是辛弃疾的一贯风格。

注释

① 少年握槊:指少年起义事,又暗指早些年就玩过双陆。
② 酒圣诗豪余事:有酒量和诗才。黄庭坚《和舍弟中秋月》:"少年气与节物竞,诗豪酒圣难争锋。"
③ 鸥飞石镜:描述双陆时的情景。廖凝《咏棋》诗云:"满汀鸥不散,一局黑全输。"
④ 捣残秋练:连秋天的缎子都不要再织了。这是玩到兴头,只记得那种沉醉的感觉,连砧子都记得纤指的触感。这是借女人捣衣事来写沉迷的感觉。
⑤ 鸿鹄飞来天际:这是写高兴,打双陆的滋味,让人忘却一切烦恼,就像鸿鹄从天空飞来一样。所以后面说,即便是在武后的宫中,玩此局,也会忘却了兴亡。这是辛弃疾的伤怀,多少兴亡事,不及一局双陆啊!
⑥ 武媚宫中:武则天曾做一梦,醒来问狄仁杰道:"朕昨夜梦与人双陆,频不胜,何也?"狄仁杰说:"双陆输者,盖谓宫中无子。此是上天之意,假此以示陛下,安可虚储位哉!"此为"武媚宫中"之典。
⑦ 韦娘局上:韦娘是唐中宗皇后韦氏,她与唐中宗初时被废,中宗对她说,要是能重见天日,我就不制约你了,你想干什么干什么吧。后来果然重登帝位。韦后与武三思在御床上博戏,中宗在旁边为她计算筹码,也不认为有什么冒

犯。这就是"韦娘局上"之典。

⑧ 布衣百万：此是用刘毅典。《晋书·刘毅传》："于东府聚樗蒲，大掷，一判应至数百万。"杜甫《今夕行》："君莫笑刘毅从来布衣愿，家无儋石输百万。"

诗里诗外

南宋到底有多少闲愁旧恨，岳飞一首《满江红》，便可见一斑。北方失于金人，多少追怀由此而生。辛弃疾便是其中伤尽心的人。

他少年来自北方，亲举义军，擒拿叛徒，宋高宗任命他为江阴签判，此时的他，还怀着报国的希望，希望一腔热血，能够收复中原。神州陆沉，牵绊了他一辈子的心，不及许多宵小，能够忘怀故事，不做大事想。然而，许多事情并不依人的愿望而行，他被排挤，在山巅水涯之中，了此一生，许多英雄失路之情，全都汇集起来，即便写山水，写闲情，都绕不开这份愁绪。这份沉重的感情，千载读起来，依然催人泪下。我们去杭州，若能寻访那时的一点遗迹，便能感受到这种幽情。那种情绪，铁中带怒，正是辛弃疾的表征。一个王朝覆灭了，但仍留下许多余悲。化不尽的哀愁，这是王朝的旧影，你能认得了，就认得了辛弃疾。认得了他，也就认识了南宋。

象棋

科普 //

　　象棋，一种棋类游戏，两人对下，持黑棋的一方有一个将，两个士、象、车、马、炮，五个卒，共十六颗子，持红棋的一方则有一个帅，两个仕、相、车、马、炮，五个兵，共十六颗子，各子走法不同，棋盘由九条竖线与十条横线组成，中间划有河界，双方交替走子，以攻死对方的将或帅为胜。

历史

象棋起源于六博。就目前掌握的资料来看，象棋与《易》有关。古有三易，《连山》《归藏》《周易》。《易》学是先秦时期中国文化的最高表现形态，《易》的发展，往往便反映着当时社会、经济、文化的发展。六博这种游戏，便在《易》的文化背景下发展起来。当时六博的玩法比较单一，基本上和《周易》很相似，都讲究"挂一以象三"，谁投箸出去，谁就获得"天地人"三才。所以说六博的结果是，谁投箸赢得多，谁就容易获得胜利。这里面有很多赌运的成分，很大程度上要靠天意做主。象棋很容易吸收其他游戏的精华，它在发展过程中，受到很多名流的推崇。基本上有孔子、班固、边韶、汉成帝、魏文帝、周武帝、宋太祖，他们都认可象棋的发展，并从中获取了收益，成为象棋的保护者。

象棋的发展经历了一个漫长的过程，基本上从汉代开始形成规模，而到宋代完成规制。它有几个发展阶段，如宝应象戏、七国象戏、广象戏、大象戏和小象戏，这几个阶段，都吸收了各种不同游戏的精华，而形成自己的特色。到了唐代，象棋已经非常普及了，各个社会阶层都能懂，虽然没有最后定型，但已经与定型之后的成果差不多。比如白居易写道："何处春深好，春深博弈家。一先争破眼，六聚斗成花。鼓应投壶马，兵冲象戏车。弹棋局上事，最妙是长斜。"(《和春深二十首》其十七）那时已出现了现在象棋里的兵、马、车。有时候皇帝也参与下象棋的活动，李世民就曾大力推崇象棋。基本上到了唐高宗时，象棋中已经出现了"将、车、马、卒"四个种类,棋盘也变成了六十四方格,到后世又受围棋的影响,变成了九十点。这就是象棋的形成过程。在这个过程中,象棋和围棋也有很多关联,虽然说形制不一样,但精神相通,这方面的研究,其实很可以助益中国游艺史的发展,(象棋)像许多空白的地方,都是由围棋补充的,这是必须要指出来的。

唐朝也是中国象棋跟国际象棋最相似的时候。国际象棋有六个兵种,王、后、象、马、车、兵。这其中,车、马、象三种的走法与中国象棋有很大的相似之处,这也是值得注意的。

宋朝与象棋的关系颇为有趣。传说宋太祖赵匡胤曾经与陈抟老祖在华山赌棋,赵匡胤落败,便免去了华山百姓的租赋。这个故事还留下了一个经典排局,叫作"五步定华山",是一种经典的走法。宋朝的许多传说都与这次对赌有关,简直关系到国运了,这种神秘色彩,终宋一世,也没有消失。

象棋在宋朝的流行,主要是在文人学士和闺阁妇女中。刘克庄诗云:"小艺无难精,上智有未解。君看橘中戏,妙不出局外。屹然两国立,限以大河界。连营禀中权,四壁设坚械。三十二子者,一一具变态。先登如挑敌,分布如备塞。尽锐贾吾勇,持重伺彼怠。或迟如围莒,或速如入蔡。远炮勿虚发,冗卒要精汰。负非繇寡少,胜岂系强大。昆阳以象奔,陈涛以车败。匹马郭令来,一士汲黯在。"(《象弈一首呈叶潜仲》)这就说明了当时的对局形势。我们可以看到,像车、马、炮之类的棋子规则,已与今天完全没有差别,那时女子也喜欢下象棋,李清照《打马图序》说:"大小象戏、弈棋,又惟可容二人。"又说此乃"博弈之上流,闺房之雅戏"。这是她和赵明诚经常玩的游戏,所以时常怀念。那时还有下盲棋的习惯,据说文天祥就是第一个下盲棋的人,到现在仍然是一种雅好。

"楚河汉界"也在宋朝时候得到定型。这是古老的历史传说,当年的广武山,便定型在了棋盘上。这就是说,象棋跟军事有关,某种意义上就是军事布局的一种操练。它比围棋更加军事化,其斗争的痕迹更为明显。演化出的一道鸿沟,就是彼此分界的形式,其深入腹地,就是到对方领域作战,孤军深入是有风险的,反过来还要守回自己的本营,这更加形象地表明了象棋中的军事态势。这种形势,是古代战争频发的体现,人们习惯了斗来斗去,演化在人事上,也彼此势不两立,即如围棋也是这个样子,都是军事斗争的体现。这也可以表明,当时其实没有什么以和平为主题的游戏,或者讲很少见到,这也是古代游戏的一个特点。极少数有和的精神的游戏,如拔河、龙舟竞渡等,更像是一种群体性的活动,与个人的游艺也没有什么关系。

到了南宋时,象棋理论也有了发展。那时候的象棋理论,总结出了象棋十诀,如不得贪胜、入界宜缓、攻彼顾我、弃子争先、舍小就大、逢危须弃、慎勿欲速、动须相应、彼强自保、我弱取和。这就是象棋的下法大纲,指导新手是很有好处的。这十个诀窍,也指导着下棋的今人,可见其生命力。我们现在可以看到,早在宋朝,棋艺就已经非常成熟了,许多下法成了经典,流传下来,到今天也没有什么改动。但是这样久了,也束缚了象棋艺术的进步,这就让很多棋艺天才,得不到出头之日。相比之下,围棋所受的限制比较小,所以人才更易出现。

元朝的象棋发展势头没有宋朝那么旺盛。它的一个特点是更多地向平民化发展,成了一种市井的游戏。而元统治者的不重视,

诗歌里的游戏

又给了这些市井俗玩以发展的空间。这些民间的象棋爱好者,保持住了象棋的生命力,维持住了一个发展的态势。

明初的象棋经历了一次劫难。由于明太祖厌恶民间游艺,总觉得这是游手好闲人干的事,于国家有妨,他便屡次下令禁止此类活动,这便大大破坏了民间的游戏氛围。像斗鸡、走马、象棋之类的活动,都遭到了严厉的扼杀。据说他还建了一座"逍遥楼",将游民嗜博者关在其中,不予其饭食,令其饿死。这样的打击下,明初的游艺,也只是在宫廷中举行,民间则是一片黑暗。

这样一种严厉的措施下,其实普通的游艺都难以发展。

但朱元璋并没有禁止贵族行棋。棋艺的氛围,在大内里、在藩王府中,还是非常兴盛的。这是明初的一个显著特点,所谓"只准州官放火,不许百姓点灯"。那时候的藩王也有精于此道者,如十七子朱权,封宁王,便热衷此道。他的著作中有关于象棋的内容,如:"幽客闲时,镇日松阴下象棋。只见双车奔走,二马驱驰,兵卒相随,连珠炮响走如飞,四围士象都遮护,各逞关机,各逞关机,终分胜败多情趣。"(《风月锦囊·棋》)这也可以表明,有时世俗的爱好,有时并非世俗所有,而被统治者所占有,这也是要指出来的。

到了后来,由于世风的日渐解放,朱元璋的禁令也松解了,市井又出现了大量下象棋者。市井的游戏氛围,很快就恢复起来。那时强调淳朴的风格,大家对木器的兴趣越来越浓,出现了很多木制棋具,明代的木器也这样兴盛起来。到了晚明,棋类大盛,冯梦龙的许多杂曲歌谣里就写到这些。

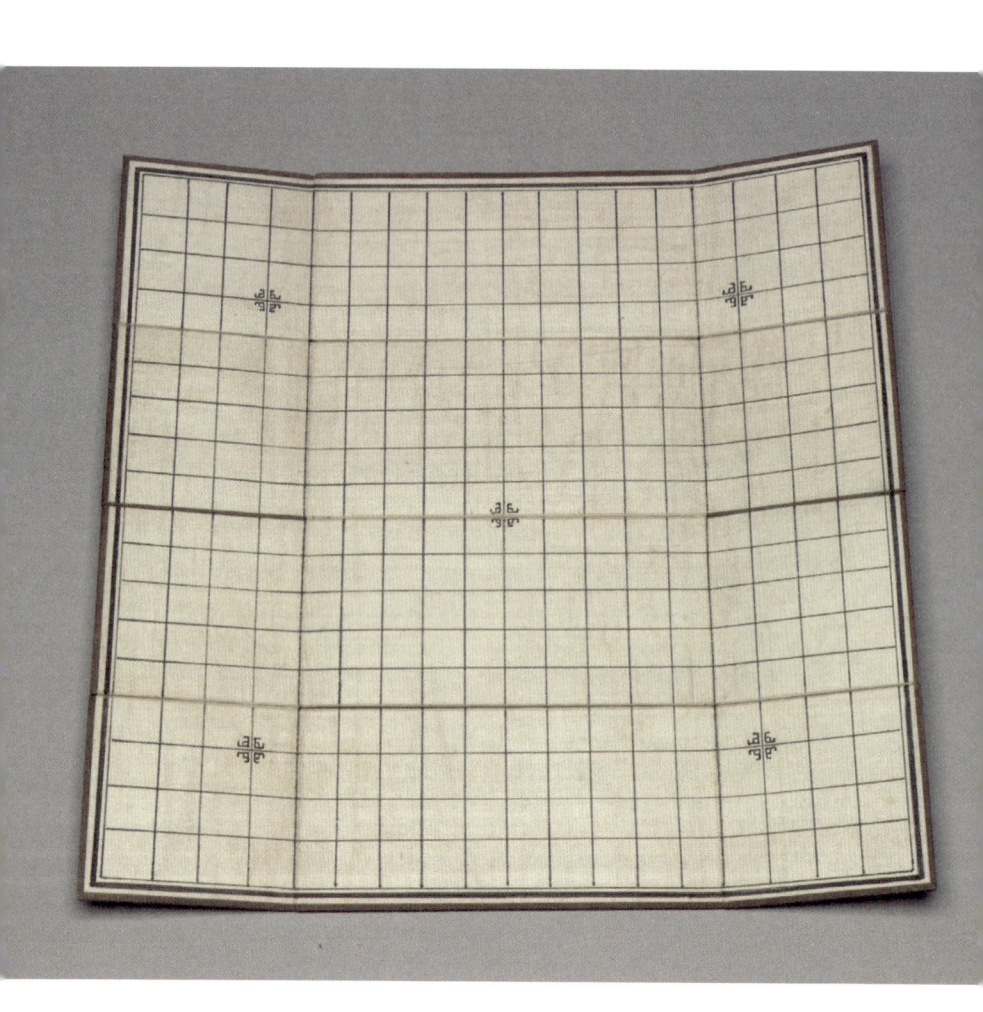

◆清裱锦围棋象棋棋盘

本件棋盘为薄木胎，外裱白绢，以墨笔界格，纵横各 19 道。另面则绘象棋盘。展开后一面可下围棋，一面下象棋，可折叠收拢成对开四合的小册页，以便携带出游。

一三九

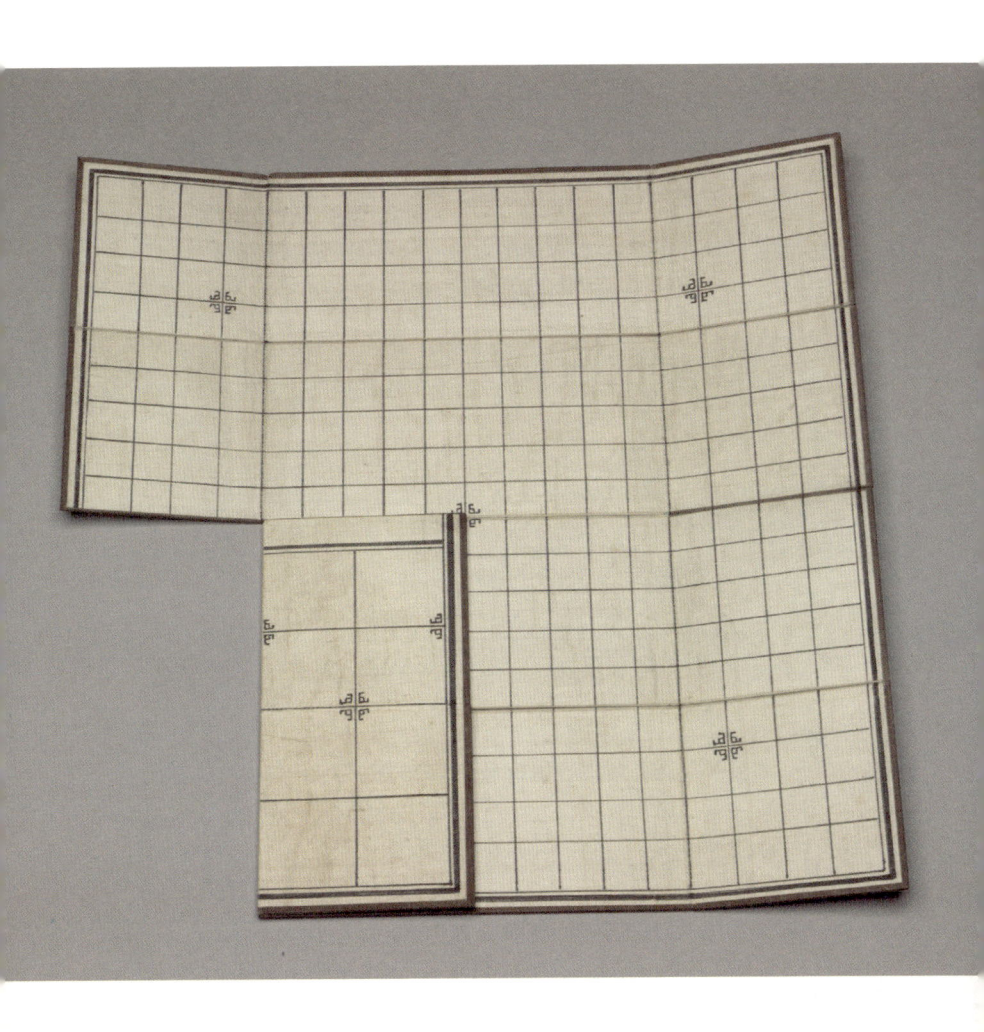

清朝统治者的态度比较奇特，并未限制民间游艺的发展，但对士大夫钳束得比较紧。所以象棋还是蓬勃发展起来，但是水平不高。那时候出现了许多棋谱，大都陈陈相因，没有什么特色，也就是现在流传的那些。有一部棋谱比较重要，那就是成书于康熙时期的《梅花谱》，它提出了"马炮争雄"（即是常用的先架炮，对方跳马）的格局，至今为人们所延用。

到了民国时，象棋得到大大的发展，许多棋风也在渐渐地转变，陆续出现了一批大师。他们组成棋社，在社会上很有影响力。像当时有名的棋手，如上海的谢侠逊、北京的张德魁、广东的黄松轩，都是小有名气的一方之霸。这些棋手都有家学传承，继承了一些传统的秘法，或许有不为人所知的高招，这都促进了社会整体棋艺的进步。棋坛高手如云，是民国棋坛的一个特点。

象棋传承到今天，已经成了人们喜闻乐见的休闲形式。人们在公园里、棋牌室里，随处可见象棋的身影。民间不乏高手，他们棋艺高深，往往不输那些大师们，这也可见象棋蓬勃的生命力。我们看到，象棋在新中国的培育下，已经改变了传统上许多故步自封的习惯。它促进着社会主义精神文化的进步，丰富着人们的精神生活，功莫大焉。

玩法

象棋的规则并不复杂，但主要是下法的不同，有先架炮的，有先飞象的，还有先提马的，这都是不同的招式。然而将军是一

诗歌里的游戏

样的,最终都是要将死对方的老帅。所谓"帅亡则棋散",这是它跟围棋不一样的地方,也是它单调的地方。然而这种方式,目标集中,化单一为复杂,是一种相当健脑的方式,尤其适合老年人。

哭象棋诗

明·王守仁

象棋终日乐悠悠，苦被严亲一旦丢①。
兵卒坠河皆不救，将军溺水一齐休。
马行千里随波去②，象入三川逐浪游。
炮响一声天地震，忽然惊起卧龙愁③。

王守仁（1472—1529），字伯安，浙江余姚人。明代大儒，弘治时进士。正德时巡抚南赣，平定宁王朱宸濠之乱。嘉靖时封新建伯，总督两广，破断藤峡叛军，卒谥文成公。其学以知行合一为主，发挥"致良知"之教，讲心学渊源于宋之陆九渊，世称阳明先生，有《王文成公全书》。

诗歌里的游戏

主旨

诗人弈棋入迷,却被严亲没收了棋具投入河中。看着漂浮在河中的棋子,诗人的痛惜之情溢于言表。

注释

① 苦被严亲一旦丢:这是讲棋具被收掉。王阳明是很有志气的人,他玩象棋也不仅是为了贪玩,传说他少习兵法,玩象棋也是有兵略在其中的。所以说棋具被收掉,等于模拟兵法的机会没了,这才哭得稀里哗啦。
② 马行千里随波去:马走着走着,也不知走到何处了。这是夸张的手法,象棋既被收走,这些棋子当然就鬼哭狼嚎的样子。
③ 忽然惊起卧龙愁:此句传本皆作"象若心头为人揪",可能是初本如此,小时候写的诗是这样的,但后来改成了这一句。为什么说忽然惊起卧龙愁呢?因为他是以卧龙为志向的,他故意把诗改成这个样子,可能是成名之后的作品。

诗里诗外

王阳明是一个什么人?人们都说他是圣人。他有那四句教:"无善无恶心之体,有善有恶意之动。知善知恶是良知,为善去恶是格物。"这是解放思想还是禁锢思想呢?他被描绘成一个无所不能的人，引得后世争相模仿，国内现在有阳明热，人们都想从他的著作中，找到超凡入圣的法宝来。

他说一个"致良知"，仿佛禅宗的话头，似乎参进去就超凡入圣了。这真是他的骨血，一点一滴而来，全都浸透了他的生命体验。什么是良知？这不是从道德意义上说的。他有多次死里逃生的经历，无非致良知之功。良知往往出乎意料，打破常规，但你得担得起，所以说解放思想是前提，打破常规，就要遇到许多常识的磕磕绊绊，这就要有创新意识了。我们不知道他经历过多少生死的考验，你不能说他每一个决定都是对的。他最终成一代大儒，启示我们什么呢？圣贤的骨血就这点，不要再僵化了，该前进的就要前进，该扬弃的就要扬弃，实事求是一点，才能走得下去。他打破了一点小口，在几百年后闪起光芒，终成大势。

围棋

科普 //

　　围棋是一种棋艺,棋盘上纵横各有十九道线,相互交错成三百六十一个点,双方分持黑白棋子着于点上,用以围攻对方,凡被包围而无活路的棋子,则为对方所吃,最后再视所占之点的多寡来决定胜负。

历史

　　围棋据说起源于尧舜时，尧的儿子不肖，所以尧造了围棋，希望他能改过从善。《世本》上记载："尧造围棋，丹朱善之。"再有《博物志》上记载："尧造围棋，以教子丹朱。或云：舜以子商均愚，故作围棋以教之。"这是连舜的儿子也算上了。这算是比较早的起源了。然而你会发现，这两则起源，都没有讲，围棋的智力作用，或者说作为治具，可以帮助儿子早慧，仅此而已，它一开始，就笼上了一层伦理色彩，这也是围棋的宿命。

　　《左传》里也记载了围棋的起源，或者说第一次有了可靠的涉及围棋的记载。《左传·襄公二十五年》云："今宁子视君不如弈棋，其何以免乎？弈者，举棋不定，不胜其耦，而况置君而弗定乎？必不免矣。"这是拿弈棋来比喻政治，不能举棋不定，这是要坏大事的。然而这时候的棋，是不是已经有了围棋的影子，或者说，只是指六博之类的赌博游戏，也是说不定的。我们也只好这样认为，这就是围棋的起源，它在春秋时已经普及了。

　　我们喜欢把围棋和兵法联系在一起讲。马融《围棋赋》有云："略观围棋兮，法于用兵。三尺之局兮，为战斗场。"这是讲围棋像战斗一样，必须要用兵法来讲。比如说大将要运筹帷幄，不是冲锋陷阵。或者说，围棋更讲究一种战略性的谋划，而不是实际性的操作，所以有时候会弃一些子，甚至放弃一些地盘。这就是一种战略性的游戏，这才是"兵法"的实义。

　　但围棋在秦朝遭遇了一个低谷期。秦始皇是禁绝一切兵象的，围棋也算上了,所以遭到了毁灭性的打击。也不知怎么回事,它竟失传了似的,班固说:"今博行于世,而弈独绝。"不是说没有人下棋,而是不那么普及,好像是孤悬一线似的,这才有此感叹。

西汉终其一世围棋也没有恢复。许多人不知道为什么,虽说有棋下,但名声总不高似的。像杜陵有一个杜夫子,下棋水平非常高,但人们"或讥其费日",也就是不待见他,得不到什么名声,这跟现在的九段相差太远了。那时候的皇帝也挺看不起围棋的,像汉宣帝,早年流落民间,也不是没学过棋,水平还很高,但他一登基,立即说:"'不有博弈者乎,为之犹贤乎已!'辞赋大者与古诗同义,小者辩丽可喜。辟如女工有绮縠,音乐有郑卫,今世俗犹皆以此虞说耳目,辞赋比之,尚有仁义风谕,鸟兽草木多闻之观,贤于倡优博弈远矣。"(《汉书·王褒传》)这是讲,我要消遣,也只要辞赋,那多好看,要什么博弈呢?这是看不起博弈,不给它以地位,帝王金口一开,围棋还能有活路么?这就是西汉围棋不兴的缘故。

到了东汉时候,人们开始发现,生活中缺乏一种游艺,来寄寓兵法的灵魂。这是相当要不得的。因为战争是大事,国之大事,在祀与戎,要是没有兵法,祀事作为一种意识形态也无法顺利进行吧!这样一种心焦的状态,被桓谭反映得淋漓尽致,其《新论·述策》篇有云:"世有围棋之戏,或言是兵法之类也。及为之上者,远棋疏张,置以会围,因而伐之,成多得道之胜。中者则务相绝遮要,以争便求利。故胜负狐疑,须计数而定。下者则守边隅,趋作罫,以自生于小地。"上中下有三策,上者布子疏密得当,大家找共同的路走,这叫得道多助。中者就要斗起来了,这要拼杀一番,也能找到甜头。下者只守在边隅,只图一息之尚存。这就是兵法的

◆明仇英汉宫春晓图（局部）

灵魂,被围棋充分反映出来。这样一种急迫的态势,围棋居然不兴,那兵法不也失传了么?这其实是危急存亡之秋也,人们的智力生活,实际上到了一个关口。

况且,围棋是不是真的就和儒学不相容呢?或者说如樗蒲那样,只是一种冒险的游戏?围棋在突围中,实际上超越了多少游戏,才取得今天的地位!这是一个关键点,它还是有一些温润的东西,涵盖了那些太过刺激的成分,这才是它独占鳌头的原因。实际上,博大精深的何止是围棋。

也就是这个缘故,需要把这话说圆,这就需要扛鼎之人了,班固就是这样一人。他作《弈旨》里面说:"至于弈则不然,高下相推,人有等级,若孔氏之门,回、赐相服;循名责实,谋以计策,若唐、虞之朝,考功黜陟。器用有常,施设无析,因敌为资,应时屈伸,续之不复,变化日新。或虚设豫置,以自护卫,盖象庖羲罔罟之制。堤防周起,障塞漏决,有似夏后治水之势。一孔有阙,坏颓不振,有似瓠子泛滥之败。一棋破窒,亡地复还。曹子之威,作伏设诈,突围横行。田单之奇,要厄相劫,割地取偿。苏张之姿,固本自广,敌人恐惧。参分有二,释而不诛,周文之德,知者之虑也。"这是相当完备的一种围棋论,虽然说有些牵强,但仍极大地丰富了围棋文化。这才挽救了围棋,直到其在后世被发扬光大。

东汉有两部有关围棋的作品非常重要,一部是《弈旨》,另一部就是马融的《围棋赋》。这两部作品,奠定了围棋的理论基础。马融的《围棋赋》写道:"略观围棋兮,法于用兵。三尺之局兮,为战斗场。陈聚士卒兮,两敌相当。拙者无功兮,弱者先亡。自有中和兮,请说其方。先据四道兮,保角依旁。缘边遮列兮,往往相望。离离马目兮，连连雁行。踔度间置兮，徘徊中央。违阁奋翼兮，左右翱翔。道狭敌众兮，情无远行。棋多无策兮，如聚群羊。"这是写出了围棋的势态，仿佛差一口气，就会要命似的。马融说得很详细，各种形势都写出来了，下过围棋的人都知道，保势是最重要的，这是围棋的本色。要守住每一个点，不能让敌方得势，每个点都要争，不能让，这才是围棋。

南北朝时期是一个新阶段。那时的围棋已经比较流行，士大夫纷纷乐于从之，还出现了许多围棋著作。这个阶段的围棋，还没有完全定型，多是17道的格式，但也有19道的。大规模的比赛也出现了，人们纷纷盛赞这个游戏。许多人说，这是一个优雅的游戏，像是隐士的坐谈。也就是说，它终于走入了士大夫的世界，不再为人所排斥。

那时候的围棋确实很兴盛，首先是帝王爱好，尤其是梁武帝。南朝建立了不少新的制度，其中有一个叫围棋州邑，设有大中正、小中正等官职，专门管理围棋制度的。《南史·柳恽传》记载："梁武帝好弈棋，使恽品定棋谱，登格者二百七十八人，第其优劣，为《棋品》三卷。"这是有史以来第一次以棋艺论胜负，来品评人物。棋制亦有九品，如《艺经·棋品》所说："夫围棋之品有九。"这就是今天九段棋品的来源。现今以九段为最高，而当时则是以一品为最高，很耐人寻味。

这就是那时候的棋品论，其实很像九品中正制，魏晋时流传的制度，往往都有相似之处。

这时候也出了不少风流事件。南北棋力均不差，都有优胜的人物，棋坛高手如林。

诗歌里的游戏

"始孝文时，有范宁儿者善围棋，曾与李彪使齐，齐令江南上品王抗与宁儿（弈），制胜而还。"(《北史·蒋少游传》)那时的围棋高手就是这样切磋的。还有一个著名的围棋赌郡的故事。羊玄保"善弈棋，品第三，文帝亦好弈，与赌郡，玄保戏胜，以补宣城太守"(《南史·羊玄保传》)。这就是一种风流，若是后世为之，难保不为荒淫矣。这时候还有一些女性参与其中，"先是，东阳女子娄逞，变服诈为丈夫，粗知围棋，解文义，遍游公卿，仕至扬州议曹从事。事发，明帝驱令还东，逞始作妇人服而去，叹曰：'如此之伎，还为老妪，岂不惜哉。'"(《南史·东阳女子娄逞》)了解一点小技，就能混出江湖来，这是相当有手段了，让丈夫看了也佩服，她临末之叹，还为老妪，是不甘心再为家中妇，这是相当落寞的情感。可惜的是，在那个时代，女性走向社会何其难啊！

唐朝时候的围棋有很多诗词为证。"彼此抽先局势平，傍人道死的还生。"（王建《看棋》）这是不相信自己已经输了。"几局赌山果，一先饶海僧。覆图闻夜雨，下子对秋灯。"（郑谷《寄棋客》）这是写怀念友人的感觉。"相对终无语,争先各有心。"（李从谦《观棋》）这是写争先不让的局势，怎么能这么轻易就叫人占先呢？"一局残棋千点雨，绿萍池上暮方还。"（温庭筠《春日访李十四处士》）这是写下棋下到雨停方止，残兴的结束，怎么能不待雨停呢？他们玩得那么尽兴，仿佛围棋是一个高雅的项目。这是什么时候形成的呢？这也是魏晋时候的底子，那时候的高标，积淀在盛唐人的心灵中，就成为一种风雅，是抹不去的高范。所谓魏晋文化的遗留，生成了一种盛唐气象，高兴雅致而添豪爽，这就是盛唐味，是积淀在人民心目中的东西。这就是说，有了这个东西，棋就不

◆清玻璃围棋子附黑漆描金棋罐

诗歌里的游戏

仅仅是棋,它更是一种风流,所谓"对棋陪谢傅,把剑觅徐君",都是这种味道。

唐朝设置了棋待诏这个官职。这是干什么的呢?汉代有博待诏,其实也差不多,都是陪皇帝下棋的。这个官职,也不是人人都能当的,不仅要棋艺高超,还得要有一种贵族气象,然后才能胜任这个职位。当时著名的棋待诏,有时候都会出入官职,比如王叔文,就曾经主政过,但也没主政多久。他把棋艺用在治国上,其实是用错了的。你能算小的棋盘不能算大的棋盘,这也是许多天才的悲哀。要参透巨大的天地棋盘,需要另外一种才能,这不是棋待诏能胜任的。

宋朝人的输赢观念比唐朝人淡了许多。不是说他们淡泊了,而是棋艺也没那么高超了。许多人就这么看着,输就输吧,就是这种心态。许多士大夫也是这种看法,王安石"每与人对局,未尝致思,随手疾应,觉其势将败,便敛之,曰:本图适性忘虑,反苦思劳神,不如且已"(《遁斋闲览》)。棋品如此之差。这样下去,还下什么棋呢?那时候的棋风,更像文人围棋,图个乐而已,不图什么大计。

明清时期的围棋也没式微,大约在明朝振奋了一下,找回了一些精气神。那时候有不少围棋流派,如永嘉、新安、京师三大流派,都有不少高手在其间。明朝的皇帝很爱好围棋,于是就有一种下围棋的气氛,弥漫在京师间。当时的著名棋手有,永嘉派的鲍一中,新安派的程汝亮,京师派的颜伦、李釜。清朝更是大师云集,他们形成了一种氛围,一切都在棋盘上讲,反而促进了围棋的发展,这也是一个奇特的现象。那时候的棋手有,康熙年间的黄龙士、徐星友,雍乾嘉时期的四大国手西屏、定庵、魏今、兰如,道咸时期的陈子仙、申立功等。

　　围棋进入近现代，大师辈出，不予赘述。却围棋这个现象，值得人探讨。它是一项小的技艺，却被中国人看得很重，实在是因为，千变万化的棋道，蕴含了人世间的种种智慧和真理，更是因为它符合了国人的文化心理，所以才顽强地生存下来。围棋的这种生命力，是中国文化赋予的。

玩法

　　围棋以争气为先，剿杀尽对方的气，即为胜。这其实是一项极富竞争力的游戏，是拓展生存空间的手段，手艺高者为胜。有人因此说仁者下不了棋。这实际上是一个误解。但是相对而言，棋道暗合了兵法，它的确是曲尽其妙，让人爱不释手。

◆宋至元松下弈棋图 玉版

青玉屏。以多层次镂空、浮雕出一对男女于松树下对弈的情境。

别房太尉墓

唐·杜甫

他乡复行役①,驻马别孤坟②。
近泪无干土,低空有断云。
对棋陪谢傅③,把剑觅徐君④。
唯见林花落⑤,莺啼送客闻。

杜甫(712—770),字子美,号少陵野老,唐代诗人,人称诗圣,祖籍襄阳,生于河南巩县,官左拾遗、工部员外郎,人称"杜工部"。博极群书,善为诗歌,中年以后流离坎坷,其诗博大雄浑,千态万状,反映了当时社会的动乱形态,人称"诗史",有《杜工部集》。

主旨

这首诗表达了对房琯的思念之情,你是我的知己啊!

注释

① 他乡复行役:我又一次出走了,到别的地方去任职。这是他经过阆州时路过房琯墓时写的诗,所以下文说"驻马别孤坟"。

② 别孤坟:辞别房琯的坟墓。我再一次来到您的墓前,心中无限感慨,那件事(救房琯)已经过去很久了,想想仍是值得的。这表达了他对老友不离不弃的心情,但又感到复杂,我毕竟因为你丢了官啊!这是杜甫内心深处的隐衷,我还是走了吧,看到你会伤心。

③ 对棋陪谢傅:谢安曾与谢玄对棋,羊昙在一旁,道:"我得找您要别墅啊!"这就是围棋中"赌墅"的风流。

④ 把剑觅徐君:公子季札到晋国去,路过徐国,知道徐君喜欢他的宝剑,但因任务在身不得相赠。等到回来,徐君已经去世了,他就把剑挂在树上而离开。这是酬知己的典故。

⑤ 唯见林花落:故人已逝,只余孤坟,临别之时,只看到花瓣悄悄地落下,只听到断续的莺啼送别。这就是他的复杂情绪,有种欲说不尽的哀婉和忧愤。

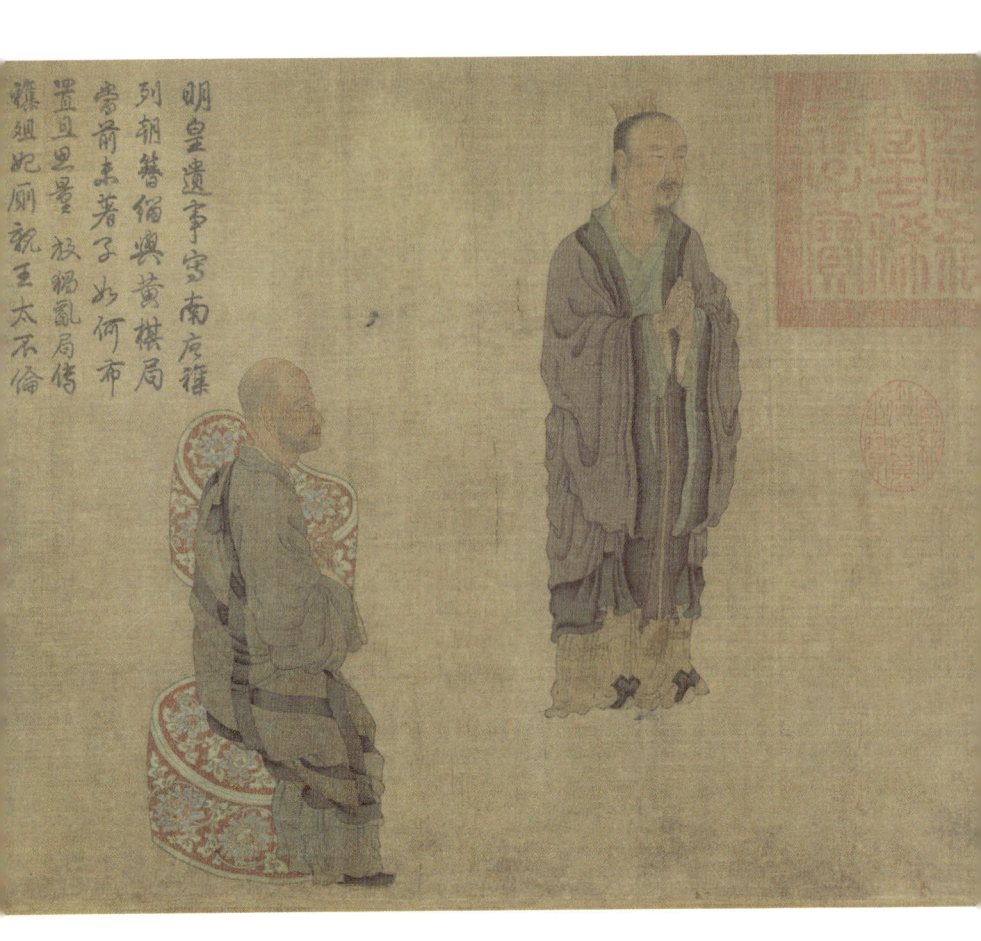

◆五代南唐周文矩画明皇会棋图　卷（局部）

本幅绘明皇座前置棋局，侍坐一人，僧二人，道士一人，优一人，内官一人。棋局中空无一子，而优伶拱立，似有所语。

一五九

诗里诗外

除了杜甫,有谁能把诗写得如此超凡入圣呢?他的诗风靡后世,却极少有人能学得其神韵,正是这个缘故吧。

然而他的诗有另外一种境界,却格外珍贵,那就是他在四海漫游时的风格,像这首《夜宴左氏庄》:

> 风林纤月落,衣露净琴张。
> 暗水流花径,春星带草堂。
> 检书烧烛短,看剑引杯长。
> 诗罢闻吴咏,扁舟意不忘。

这是轻松愉悦的心境,尚未为烦恼所累,不像后来那么沉郁顿挫。你会想,杜甫到这就很好了,因为这才是诗人的风流,为什么要去当圣人呢?我们往往感到很遗憾,似乎杜甫不该这个样子,时代的担子那么沉重,为什么要一个诗人担负呢?然后我们看到的杜诗,其主导风格却是形成于安史之乱前,发展于其后数十年天下离乱、民不聊生时,其中背负着诗人对于国家和民族命运的沉重责任感,状时艰,哀民瘼,所以叫作"诗史"。杜甫以如椽巨笔,写下盛唐发生重大转折时的苦难,以作时代的见证,如果不是这样,后来谁会记得盛唐人的艰辛,史书几行字罢了。这就是说,他成了时代的殉道者,与李白不同,这就是不同的命运。

第二辑

武艺类

斗鸡

科普 //

斗鸡是一种使鸡相斗以决胜负的游戏,在中国古代和西方都有。

历史

中国的斗鸡活动经历了漫长的发展历程，一般来说，可以分为先秦、汉唐、宋元明清和新中国四个时期。斗鸡能够掀起的狂热，曾经绷紧了一代又一代人的神经，它闹出的人间悲喜剧，甚至可以演变成政治风云的变幻。

最早的斗鸡见于《左传·昭公二十五年》，里面说："季、郈之鸡斗，季氏介其鸡，郈氏为之金距。"季平子给他的鸡穿上护具，郈昭伯则给他的鸡戴上金属武器。到了《史记·鲁周公世家》，这一段记载变成："季氏与郈氏斗鸡，季氏芥鸡羽，郈氏金距。季平子怒而侵郈氏，郈昭伯亦怒平子。"这是斗鸡斗出了纠纷，鲁昭公也被拉进斗鸡纠纷中来，于是鲁昭公发兵攻打季平子，季平子联合其他力量抗击鲁昭公，将鲁昭公赶到了齐国去。

中国也是世界上最早驯养斗鸡的国家之一。《列子》里即有"纪渻子为周宣王养斗鸡"的记载。中国的斗鸡分布很广，主要有河南、山东等产地，其中河南斗鸡血统最为纯正（尤其是开封、郑州、洛阳一带）。安徽北部、新疆吐鲁番和伊犁、云南西双版纳和福建漳州所产的斗鸡，也有很强的战斗力。至于民间亦有所谓中原斗鸡、漳州斗鸡、吐鲁番斗鸡、西双版纳斗鸡"中国四大斗鸡"之说。可见驯养斗鸡真是经久不衰的传统，国人乐此已经很多年了。

斗鸡中对于胜券的把握非常重要，为此，要对上场战斗的斗鸡进行特殊的训练。《庄子·达生》篇记载："纪渻子为（周宣）王养斗鸡，十日而问：'鸡已乎？'曰：'未也，方虚骄而恃气。'十

诗歌里的游戏

日又问，曰：'未也，犹应向景。'十日又问，曰：'未也，犹疾视而盛气。'十日又问，曰：'几矣。鸡虽有鸣者，已无变矣，望之似木鸡矣，其德全矣，异鸡无敢应者，反走矣。'"这是说，经过几十日的驯养，纪氏养的斗鸡，已经不会轻易撼动其神魂，这才说"其德全矣"，只有这样的鸡才能上场比赛，而别的鸡不敢看它，这样才是最好的斗鸡。庄子是这样认为的。以后"呆若木鸡"成了一个成语，变成了相反的意思，指人的痴呆，这是庄子没有想到的吧。

斗鸡在战国时期就已经非常盛行了。《战国策·齐策》里说："临淄甚富而实，其民无不吹竽、鼓瑟、击筑、弹琴、斗鸡、走犬……"这是当时临淄城的盛况，那时的临淄，游艺满街，到处可以看到玩杂耍的，除了斗鸡，还有走犬的，还有各种民间乐器。

至于汉朝时的斗鸡，主要见于《史记》的记载。《史记·袁盎晁错列传》上说："袁盎病免居家……相随行，斗鸡走狗。"可见这在当时是一项市井的活动，大臣闲居在家，也不免手痒。到了三国时候的魏明帝时期，曾在太和年间（227—233）的邺都（今河北省魏县）筑起斗鸡台。曹植《名都篇》里写道："名都多妖女，京洛出少年。宝剑值千金，被服丽且鲜。斗鸡东郊道，走马长楸间。驰骋未能半，双兔过我前。"这写的是当时洛阳的盛况，斗鸡跟走马并提，都是那时少年们的游艺，你看多么华丽的都城，我们在其间玩乐，这样的青春真畅快。这亦可见当时的世风，真真是纨绔满地，斗鸡走马，遍地都是。曹植更专门作有《斗鸡篇》，写道："游目极妙伎，清听厌宫商。主人寂无为，众宾进乐方。长筵坐戏客，斗鸡观闲房。群雄正翕赫，双翘自飞扬。挥羽邀清风，悍目发朱光。觜落轻毛散，严距往往伤。长鸣入青云，扇翼独翱翔。愿蒙狸膏助，

一六五

常得擅此场。"这是写当时斗鸡的盛况。曹植作为一个纨绔公子,少年时曾游艺其间。这也可见当时在京洛一带,斗鸡一直是风行贵族阶级的活动,统治阶级乐此不疲,竟成一种风尚。斗鸡作为一种活动,在当时的历史条件下,长盛不衰地延续下来,在市井中、在贵族的家院中,变成一股长久的风气。

然后它一直没有断绝过,但也没有进步过,这就是斗鸡。

唐朝是斗鸡运动的全盛时期。早先的斗鸡并不明显,到了唐玄宗时期,由于其酷爱斗鸡之故,在全社会造成一种病态。按照《东城老父传》的记载,唐玄宗在即位前就很喜欢斗鸡,至于登基之后,便在宫内建造鸡坊,"索长安雄鸡,金毫、铁距、高冠、昂尾千数,养于鸡坊",专门配备了五百人来养。这就造成上之所好,民风尤甚,有钱的人输得倾家荡产,没钱的也去买些不上道的鸡,以博一个利市。当时长安有个名叫贾昌的少年,很会训练斗鸡,就因此技,博得玄宗的欢心,极快地获得了荣华富贵,当时誉之"神鸡童",成为风行天下的人物。

唐代的斗鸡、驯鸡行业确实很发达,由于痴迷于此,当时社会也为之付出了沉重的代价。斗鸡使人如痴如醉,这样就使得一些斗鸡小儿恃宠骄横,愈发不可一世。斗鸡已不仅仅是纨绔的游艺,而成为一种身份的象征,市井小儿进身其间,身价立马就可暴涨十倍,成为人上人,有人更以此获得身登天子堂的机遇。《东城老父传》有一段描写,写贾昌在骊山为唐玄宗表演斗鸡,贾昌"冠雕翠金华冠,锦袖绣襦裤,执铎拂,导群鸡叙立于广场,顾眄如神,指挥风生。树毛振翼,砺吻磨距,抑怒待胜;进退有期,随鞭指低昂,不失昌度"。这就不仅仅是驯鸡,更是卖弄,他把驯鸡整出了一套方案，变成一个队伍。如不是这样，怎能博得天子欢心，成为人上人呢？这也可见，那时的斗鸡，也确实成了进身之阶，成为蹿红的门径。

而批判总是存在的。这样的社会风气，让诗人们感到愤慨。当时最有力的批判者即是李白和王维。李白说："路逢斗鸡者，冠盖何辉赫。鼻息干虹蜺，行人皆怵惕。"（《古风》）王维说："夫婿轻薄儿，斗鸡事齐主。黄金买歌笑，用钱不复数。"（《偶然作》）这是多么荒唐的场面。斗鸡在唐朝受到了欢迎，但人们不加节制地沉溺在斗鸡中，于是斗鸡不再是一个有益身心的活动，它跟双陆、弈棋还不一样，成了纨绔子弟不务正业的勾当，从而衍生出种种弊病。不过历史并没有让斗鸡来背种种黑锅，可能真是因为这是一个下层的活动吧，它显得渺小又漫不经心，因此能逃过历史的审判。

到了宋代，斗鸡者传承了唐代的斗鸡文化。北宋都城的变迁也让斗鸡游艺的中心转移到了汴京。汴京的斗鸡场面盛况空前，而且不仅是京城，全国范围内都有。《宋史·礼志》中就有记载那时的盛况："由乾元门西偏门出至门外，马技骑士五十人，枪牌步兵六十人，教坊乐工六十五人，及百戏、蹴鞠、斗鸡、角抵，次第迎引，左右军巡使具军容前导至本宫。"那时的盛大仪式如此。当时蜀地斗鸡的场面更加兴盛，有日掷千金的，一鸡斗成百万钱都有可能。那时的游艺，已经出离了游艺的感觉，仿佛是为了疯狂而疯狂。王公大臣也不例外，在当时南宋临安的蒋苑中，就专门设置了斗鸡的项目，以供皇室游览。那时对斗鸡的研究也有进步。南宋周去非著《岭外代答》一书，专门讲了南方斗鸡的驯养、游艺与民俗。当时出使的时候也有斗鸡的表演，《宣和乙巳奉使金国行

◆明人便面集锦　册　明朱朗斗鸡

本幅以水墨画两斗鸡对峙，将相扑前的紧张气氛，描绘传神。

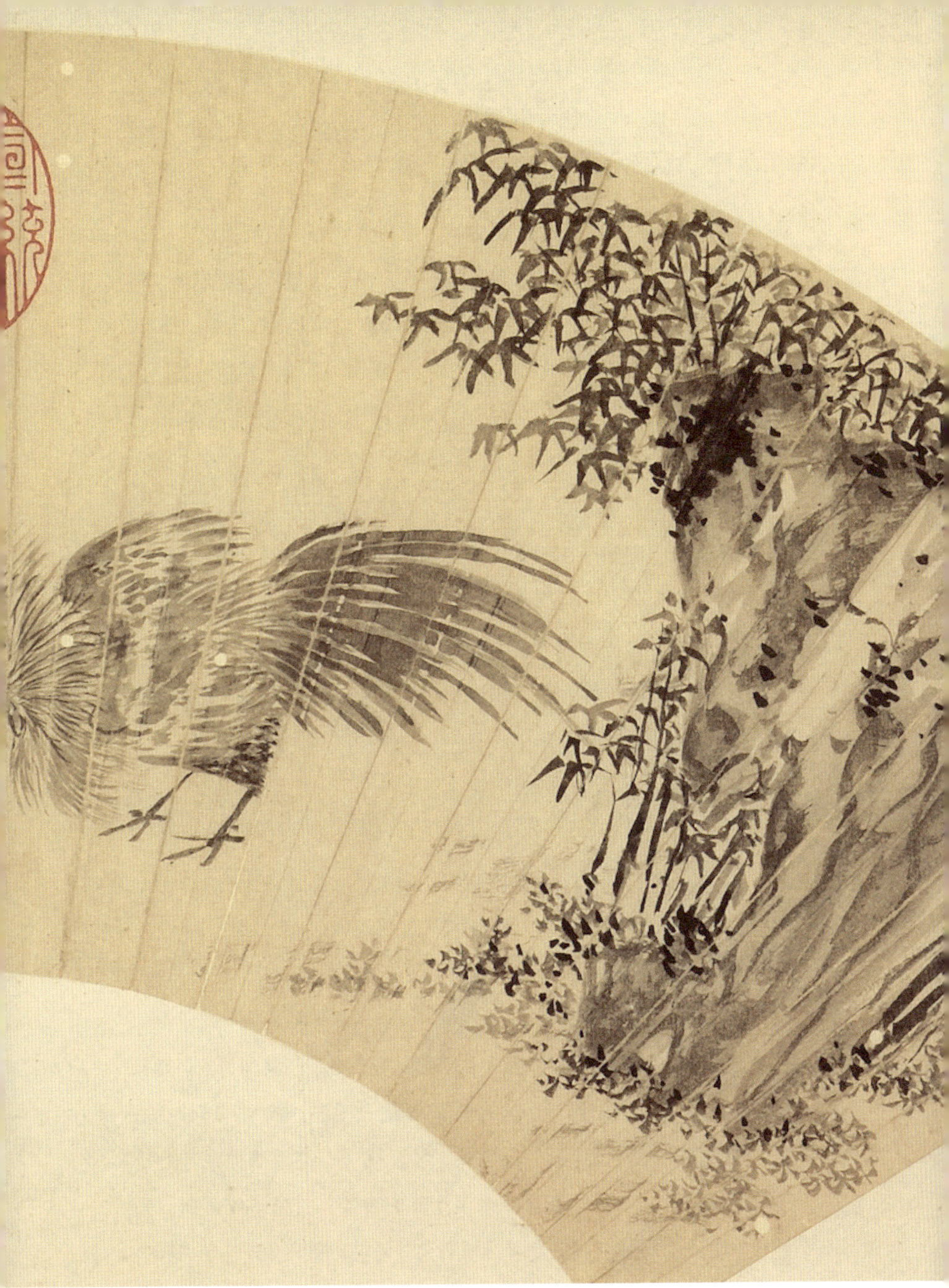

程录》载北宋使臣许亢宗出使金朝，看到金朝的宫宴场面："次日诣虏庭，赴花宴，并如仪。酒三行则乐作，鸣钲击鼓，百戏出场，有大旗、狮豹、刀牌、砑鼓、踏索、上竿、斗跳、弄丸、挏簸旗、筑球、角抵、斗鸡、杂剧等，服色鲜明，颇类中朝。"那时金朝的游艺，吸收了宋朝的制度，已经变得像模像样了，看起来也跟宋朝一样。

到了明清时期，斗鸡之风仍然非常盛行。明朝出现了一种专门从事斗鸡的民间组织——斗鸡社。《陶庵梦忆》记载："天启壬戌间好斗鸡，设斗鸡社于龙山下。"这时候的斗鸡者，根本不事产业，天天抱着鸡，呼朋聚友地在市间赌博。各地的风俗是不同的，斗鸡的形式与时间也不同。像北方许多地方的斗鸡，一般在农历正月十五日前后举行。斗鸡以乡间野玩的形式得以继续存在下去，至今还没有消失在民间。

玩法

斗鸡的玩法主要在于斗鸡本身，要在驯养严格的前提下，初试啼声，一般不可斗太长。一般有四种斗法：高头大咬（头势昂得高）、平头平身（斗势不太好看）、跑圈（打几下就跑圈）、四路全打（全能）。四种打法都很重要。至于斗鸡的训练方法，主要有撵、溜、转、跳、推、拉、打、抄、搓、掂、托、揉、绞、扰，一共十四种。这是一个很丰富完全的斗鸡培养体系。至于斗的时候，大家欢呼雀跃，只是一种场面上的事，聚精会神地看着，才是斗鸡的气氛。

◆明周之冕写生　册　榴实双鸡

本幅画双鸡对立，背景缀以果实累累的榴树以及盛开的蜀葵萱花，景致婀娜明艳，将斗鸡互不相让、剑拔弩张的紧张气氛冲淡不少。

结客少年场行

唐·卢照邻

长安重游侠,洛阳富财雄。
玉剑浮云骑,金鞭明月弓。
斗鸡过渭北,走马向关东。
孙宾遥见待①,郭解暗相通②。
不受千金爵,谁论万里功。
将军下天上,虏骑入云中③。
烽火夜似月,兵气晓成虹。
横行徇知己④,负羽远从戎⑤。
龙旌昏朔雾,鸟阵卷胡风⑥。
追奔瀚海咽,战罢阴山空。
归来谢天子,何如马上翁。

卢照邻(生卒年不详),初唐范阳(今河北涿州)人,字升之,博学能文,工诗赋,与王勃、杨炯、骆宾王齐名,世称"初唐四杰",著有《卢照邻集》。

主旨

这是写少年从军建功立业的畅想。

注释

① 孙宾遥见待：指古代的名侠与如今的游侠相互帮助、照应。孙宾，东汉末年的侠士孙嵩，字宾石（一作宾硕）。

② 郭解暗相通：我与郭解是有交往的，这是写我还干一些行侠仗义的事。郭解是汉朝大侠，汉武帝时，徙从遍及帝国，后徙茂陵，关中豪杰争欲交往，其门客杀人，公孙弘奏议，其不知比亲自犯法更严重，汉武帝遂族诛郭解。

③ 虏骑入云中：敌人已经打进云中郡了，这是写气势的豪雄，但是这有什么可怕的呢？烽火夜似月，兵气晓成虹，这是浪漫主义的景象，我（卢照邻）就想过这样的日子。这首诗很像王维的《陇头吟》（长安少年游侠客，夜上戍楼看太白），也是写少年从军的感觉，都写出了浪漫主义之感。

④ 横行徇知己：纵横驰骋，为了知己不顾惜自己的性命。这大概是用田横的典。这是说，我这性命是不重要的，阁下要能看得起我，我为你死都值得。

⑤ 负羽远从戎：背着箭就去远方当兵了。这大概是用霍去病的典。为国家投笔从戎是义不容辞的事，我就身背锋镝，就此从军行吧。

⑥ 鸟阵卷胡风：指士兵们排成鸟形的阵势，以应对来势汹汹的胡军。

诗里诗外

传说卢照邻是个才子,唐高宗的叔叔邓王李元裕称他为"此吾之相如(司马相如)也",然而他一生坎壈,四十岁就去世了,而且是投水而死的,这不禁让人惋惜。他有一首著名的诗《长安古意》,里面有几句道:"寂寂寥寥扬子居,年年岁岁一床书。独有南山桂花发,飞来飞去袭人裾。"感伤主义的表达,到他这里达到极致,再没有人这样写文章的,其势之妖娆,后世都难寻,打破了温柔敦厚的传统,走向了唯美。你看他写道:"汉代金吾千骑来,翡翠屠苏鹦鹉杯。罗襦宝带为君解,燕歌赵舞为君开。"开放之势,千载之下令人汗颜。

然而他怎么去世的呢?据说是染了风疾,卧病长安,以至于手足俱废,这才不堪忍受,投水而死。

卢照邻的早逝是很惋惜的事,以他的才华,要能活得久一点,是可以在盛唐文学上占有一席之地。他开启了一种新的美学范式,从此脱离了温柔敦厚的藩篱,走向了另一种风格。

角抵

科普 //

角抵是两人以力、技相较的游戏,也称为相扑、争交。

历史

"角抵"是古代比拼力量的游戏,类似于今天的摔跤。角抵的具体来源,目前还没有确切说法,不过这项体育活动在秦朝正式形成。据《史记·李斯列传》记载,李斯闻得三川事变,想进宫见秦二世,"是时二世在甘泉,方作角抵优俳之观"。裴骃《集解》注道:"战国之时,稍增讲武之礼,以为戏乐,用相夸示,而秦更名曰角抵。角者,角材也;抵者,相抵触也。"

由此可见,这时的角抵不再仅仅是一项体育活动,而增加了表演的性质,成为一种综合各种技艺的艺术表演。

秦始皇统一六国后,把全国的武器统一起来,以禁止武力,角抵只在军中出现。而秦二世将国内的角抵、乐舞、侏儒戏合在一起,在宫内演出,这便是后世讲礼的开始。可见角抵从来就跟军事密不可分,仿佛一种礼乐,标示着军容一样。这时候的角抵,从民间化的运动,变成了一种官方宣示武功的手段。

但角抵同时又具有表演性质,往往与俳优同台。所以角抵有着复杂的两面性,既作为军事,又作为表演,两者混杂在一起,构成了它的复杂历史。它最初并不是民间的摔跤活动,或者说那种摔跤不能叫作角抵,只有官方的宣示武功的表演,才有角抵的名称。

但在汉朝有一个变奏。角抵似乎真的民间化了,它和百戏联袂演出,完成一场盛大的仪式。人们通过服装与装扮,确定角抵者的存在意义。这显然是一场表演,表达出某种生命的色彩。《后

诗歌里的游戏

汉书·舆服志》说:"方山冠,似进贤。以五采縠为之。祠宗庙,《大予》《八佾》《四时》《五行》乐人服之,冠衣各如其行方之色而舞焉。"在画像砖上我们可以看到,角抵和百戏同台演出,它只是其中的一项,仿佛一个领头的,唱响整个节奏一般。演出服往往分五方之色,色调要根据五行之色来做配比,各种颜色的执事各显其能,仿佛一场大合唱,装点着汉代的精神生活。

角抵和百戏的各种表演中都有民俗因素。它们有的人兽相搏,有的驱邪避凶,有的求神降福,有的通灵致幻。这些活动中,很多都体现了民俗的丰富性,这就摆脱了官方的执礼感,成了汉代的一种特色。这些游戏中,许多都使用日常的用具,以体现生活的丰富感,就像我们经常在汉画像砖上看到的那样,人们蒸腾的生活感,伴随着娱神的节奏,扑面而来。

角抵百戏,到了汉代就不是官方的一种宣武,这是必须认真注明的。我想这是因为汉代尚武的风潮,官方不需要把角抵作为一种宣礼。也就是说,当我们考察角抵百戏的时候,民俗性应该作为其首要考察对象,而所有其他的特点,都是建立在此基础上的。这些角抵的表演者,深深植根于下层文化之中,他们没有受过上层文化的教育,所以很多风貌,都有一种原始的朴拙感。他们的动作样式,并不显现军容的整齐,而显出民间猎手的雄壮。这就是说,角抵在汉代,实际上是一种民间文化,这是跟其他时代都不一样的。其他时代的角抵,都被整肃于国家军容之中,或者如民间相戏之零散,没有那么成规模的汉朝味。

然而经历汉末魏晋南北朝的演变,角抵最终还是回到了国家的怀抱中。这样一种游艺,它不太可能抗衡国家的限制,不会变成一种角武的单独技能,或最终发展成一种体育。这是角抵的宿命。它宣示武德,为皇家伴奏,在盛大场合,扮演一种宣礼的官方执事的作用。角抵这种活动,具足体育的因素,却不具备体育的色彩,这是很可惜的。

到了唐代,角抵发展到另一个时期。由于国家武力的强大,角抵当然被纳入国家体制中。唐朝皇帝很爱看角抵戏。唐玄宗每次宴饮的时候都要看角抵的表演。唐宪宗喜欢在麟德殿宴请群臣的时候观看角抵与蹴鞠,他踏着拍子,极尽欢乐方罢。穆宗喜欢左右神策军的角抵戏,常常看到天黑。即便一些弱势皇帝,也喜欢业余时间看角抵戏,仿佛显示其强壮似的。真是上有所好,下必甚焉,全国操练角抵的风潮一浪接一浪,统治者甚至设立了"相扑朋",以满足爱好者的向往。

唐诗中有不少关于角抵的描绘。李绅《到宣武三十韵》写道:"弄马猿猱健,奔车角牴呈。"这是一种动势感,写出了角抵的矫健。王维《上张令公》写道:"从兹罢角牴,且复幸储胥。"这是写民瘼的重要性,尚武不能忘了民生。韦元旦《奉和人日宴大明宫恩赐彩缕人胜应制》写道:"鸾凤旌旗拂晓陈,鱼龙角牴大明辰。"这是写大明宫盛宴的景象,也是要角抵来助兴的,这是军威的雄壮,弥漫到了宫里。唐玄宗也写过一首角抵的诗,他说:"伐鼓鱼龙杂,撞钟角牴陈。"这是写观看角抵时的豪兴,帝王的情怀就喜欢这种壮观感。从中可以看出,唐代真是全民角抵,将其作为一种国家仪式。它感动了每个人的心怀,让人们热情地参与其中,仿佛每一个人都是赤子之心,向往着这项运动,这跟汉代民间的自发的运动是不一样的,有一种国家情绪在里面。这就是唐

诗歌里的游戏

代的角抵。

唐朝选拔将士也参考了角抵的功能。那时既然是全民皆角抵，民间当然健儿辈出，争为国家效力。这是一种考核方式，兼有计功的功能。考核什么呢？即是考核这种力量感与持久力，这是摔跤的功能，也是将士必备的。唐朝李绅有一次在镇守大梁期间，便用角抵来考查新进士卒，最后只选了冯五千一个人，后来果然大显其功。可见那时候的选拔，都是千里挑一的。

唐代时还存在一些零碎的民间角抵，像是一种民间游艺。这些表演主要在节市中举行。当时蜀地每年从正月上元至五月都有角抵比赛，"高棚跨路，广幕陵云……竭赀破产，竞此一时"。他们的热情，和那些军中的健儿是一样的，反映出来的情绪与那些人是一体的，这就是当时的群众情绪。

到了辽、宋、金、元时期，角抵变得更加保守了。那时候的角抵，限制在宫廷里，不再满街满市都是。它更多地变成了一种宫廷礼制，而不是一种民间野玩。宋朝皇帝的御宴上面，"例用左右军相扑"，宋朝南渡之后依然如此，只是一种仪式而已。那时的风情，竟还不如塞外之人。金朝款待宋朝的来使时，也使用角抵之戏。元朝的皇帝也是这个样子。当时有诗曰："黄须年少羽林郎，宫锦缠腰角抵装。得隽每蒙天一笑，归来驺从亦辉光。"（王沂《上京》）这是写宫廷卫士的感觉，仿佛唐时再现，然而已不是那种味道。

玩法

角抵即是摔跤,但强调的是两两相搏,比赛时,一般只穿裆裈,赤膊相对,两人面对面站立,摔至腰间,直到击倒对方为止。但表演性的角抵只是做做样子,是一种礼节性的摔跤。

奉和人日宴大明宫恩赐彩缕人胜应制

唐·韦元旦

鸾凤旌旗拂晓陈,鱼龙角抵大明辰①。
青韶既肇人为日②,绮胜初成日作人③。
圣藻凌云裁柏赋④,仙歌促宴摘梅春⑤。
垂旒一庆宜年酒⑥,朝野俱欢荐寿新。

韦元旦(生卒年不详),唐代京兆万年人,擢进士第,与张易之为姻属,张易之败后,被贬感义尉,后复进用,终中书舍人。《全唐诗》录其诗十首。

主旨

这是写大明宫中欢宴景象,是盛世之音。

注释

① 鱼龙角抵大明辰:鱼龙摆阔,角抵激昂,这是大明宫里的时光。

② 青韶既肇人为日:传说中女娲初创世,于第七天造出了人,故农历正月初七为人日。在这美好的日子里,我们沐浴着春天的韶光来到这个大明宫中。青韶,美丽的春光。这是写入大明宫时的欢乐心情,也有谄媚之意。

③ 绮胜初成日作人:在春天肇始的时候,人们戴着绮胜,一起庆祝人日。华丽的场面,历史向人生成(用李泽厚语)。绮胜,即"人胜"。古代一种头饰,又叫彩胜、华胜,剪彩为花,为人戴在头上。

④ 圣藻凌云裁柏赋:皇帝亲自评判我们的作品。汉武帝曾于柏梁台命群臣作赋。

⑤ 仙歌促宴摘梅春:我们唱着仙歌,摘取宴上熟透的梅子。这是欢乐的景象,你看这大唐盛世,就像仙境一般,我们好像在瑶池仙府,让我尝尝这里的梅子吧。

⑥ 垂旒一庆宜年酒:上皇垂杯,你们都喝起来吧!将进酒,杯莫停,一派盛世欢歌的景象。

诗歌里的游戏

诗里诗外

　　你几曾想见唐朝的盛世，尽管到今天，世界已经花团锦簇，但依然有一些故国情思，让你去怀想那个令人神往的大唐盛世。那是抹不去的一缕愁思，回荡在历史里，就在大明宫，那片残垣断壁里。那地方上演过多少故事呢？只要你回到那个地方，你都会追问，盛唐风华，到底去哪了？

　　唐朝的历史已经远去了，仅有史籍的记载，还有一点点旧日的情怀，在冲击着中国人的心灵。但你记得这个宫阙吗？西安市政府修了这个遗址。一点一点地过去，那点前世的记忆，你会找回来的。

　　当空海走进大明宫的时候，他说他在梦里总会遇见它。"前世风雨，后世尘烟"，歌里这样唱道，它穿尽了多少时光，才造出这一座楼来，它是绝无仅有的绝世瑰宝，依稀闪耀在历史的星空，令世界仰望。

蹴鞠

科普 //

蹴鞠，一种古代的踢球游戏，类似现在的足球，据说起源于黄帝时代，流行于汉唐，宋代发展到巅峰，明清逐渐衰微，现在的踢毽子还有蹴鞠的影子。

诗歌里的游戏

历史

　　据史料记载，早在战国的时候，蹴鞠就已经出现了，在当时它作为一种娱乐活动，深受大家的喜爱。

　　蹴鞠在汉代发展得较快。刘向《别录》里说："蹹鞠，兵势也，所以练武士，知有材也，皆因嬉戏而讲练之。"它其实是一种军事训练的手段。《汉书·艺文志》即将《蹴鞠》二十五篇归于"兵伎巧"，由此可见一斑。然而民间也发展得很兴盛。伏波将军马援的儿子马防，在家修建了宽阔的蹴鞠场，把家当成了球场。由于过于盛大，《盐铁论》曾做出讽刺，说这世界是"隆豺鼎力，蹋鞠斗鸡"，十分疯狂的样子。这可见在汉朝，蹴鞠是一项必备的游艺，所谓"康庄驰逐，穷巷蹋鞠"，就是那时的景况。人们争先驰逐，以争一日之胜。

　　三国时的蹴鞠，沿用了军事化的手段。它更加发挥了军事训练的功能。何晏《景福殿赋》里说："讲肄之场。二六对陈，殿翼相当。僻脱承便，盖象戎兵。察解言归，譬诸政刑。将以行令，岂唯娱情。"这就不仅仅是搞一些娱乐项目，而是为了训练军队啊！军事手段也很严格，讲究的是行阵有列，不轻出矩。三国时军训如此，曹魏所以强大，正是有强大的军事基础。他们还讲究人才的拔擢，那时天水有一个蹴鞠高手孔桂子，曹操就让其时常随从，以供调用。这是借蹴鞠能升官，不过跟后世高俅还不一样，这时候的统治者很有分寸，况且也是军事性的，不是娱乐性的。

　　唐代更多是对马球的关注，马球代替了蹴鞠，成为一种热衷。

那是一种高强度对抗的运动，跟现在的马球也没什么两样。人们经常利用这种活动来升官，仿佛这也是一种晋升之阶。《新唐书》中说："（周宝）与高骈皆隶右神策军，历良原镇使，以善击球，俱补军将……（周宝）官不进，自请以球见，武宗称其能，擢金吾将军。以球丧一目。"这是"以球上位"了，超过了原来的同伴，获得了高官，但丧失了一目，有点得不偿失。由此可见，那时人的疯狂，真可以"朝为打球郎，暮登天子堂"。当时的晋升机制其实有点混乱不堪，似乎什么途径都能进去，但也可见人才的广泛，天子纳人于下，众人献技于上，只要有点拿得出手的高技，都可以到天子前一展身手。这就是唐朝时的选人制度，也不仅仅马球而已。这种氛围下，马球运动更加狂热，李廓诗云："追逐轻薄伴，闲游不著绯。长拢出猎马，数换打球衣。"这是打球打惯了，已经有了飘飘欲仙的感觉。

但蹴鞠还是保留着的，人们还是乐于参与这个项目，以做一种轻缓的锻炼。那时候许多诗人都是蹴鞠高手，能踢出多种花样的球来。这个项目受到了许多人的喜爱，杜甫有诗写道："十年蹴鞠将雏远，万里秋千习俗同。"（《清明》）他这样一个瘦弱的身躯，也是经过磨炼的。这就是唐朝的众生相，实际上是以武为主，文而辅之。

唐朝时，蹴鞠的踢法也做了些改变。唐朝的蹴鞠有5种踢法，又有单球门和双球门两种设置。两种设置都有不少追随者。其中双球门的踢法，已经和现代足球没有什么区别。人们在球场上奋力拼搏，为的是把球踢进门里去，这和现代足球规则是一致的。

唐朝有女子打马球的风尚。鱼玄机即有诗云："坚圆净滑一星

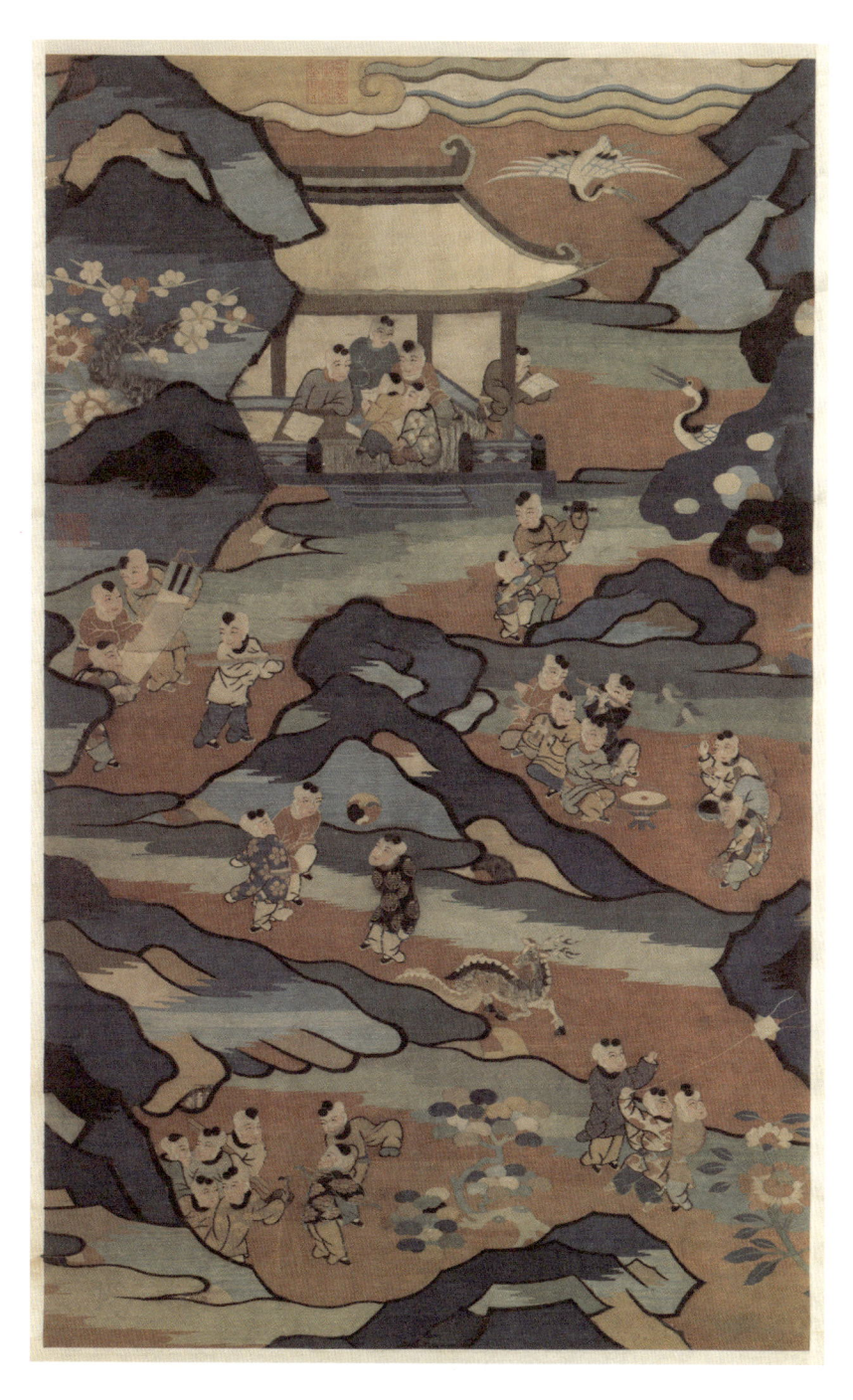

◆宋缂丝上元婴戏图　轴

流，月杖争敲未拟休。无滞碍时从拨弄，有遮栏处任钩留。不辞宛转长随手，却恐相将不到头。毕竟入门应始了，愿君争取最前筹。"(《打球作》)这是一幅充满风情的画面，一群娇俏女子，身姿娇艳地飞向球门。鱼玄机自己也可能是打球高手，历史上只记住她的冤事和种种风流，这就有点不公平了。唐朝女子多有武姿，很疯狂地参与男性的运动，这也是今天人想象不到的，"女汉子"一词都不足以形容。这样一群女子，在男子之中，争得一抹红妆，却也成了后人凭吊的对象，这是中华民族的古老瑰宝，对女性的成长尤为重要。《太平广记》中有载："时春雨初霁，有三鬟女子，可年十七八，衣装褴褛，穿木屐，于道侧槐树下。值军中少年蹴鞠，接而送之，直高数丈，于是观者渐众。"这就是一幅清新的丽人踢球图，她的身姿，不亚于今天的中国女足。这是值得赞叹的东西，这是美的象征。

宋代时，蹴鞠得到进一步发展，并且还因此诞生了一个重要的历史人物——高俅。

高俅实际上是一个很奇特的人物，《水浒传》写的基本上是真实经历。他从一个市井流氓发迹，靠边功而进入庙堂，结党营私，把禁军充作私用，得意非凡，最后竟得善终，这是什么缘故呢？《水浒传》上写，他去端王府送一次东西，认识了后来成为宋徽宗的端王，因此平步青云。也真是巧啊，倘若端王没成为皇帝，他的命运又会如何呢？这就不得而知了。我们看到，会蹴鞠，在这段故事里实际上成了一个关键因素。史载，高俅曾经主持军队竞标大赛，"近殿水中，横列四彩舟，上有诸军百戏，如大旗、狮豹、棹刀、蛮牌、神鬼、杂剧之类。又列两船，皆乐部。又有一小船，

诗歌里的游戏

上结小彩楼,下有三小门,如傀儡棚,正对水中乐船。上参军色进致语,乐作,彩棚中门开,出小木偶人。小船子上有一白衣人垂钓,后有小童举棹划船,辽绕数回"(《东京梦华录·驾幸临水殿观争标锡宴》)。这是一幅奇特的景象,又像过集市,又像办音乐会,他的艺术才能可谓高超。他充分利用了他的踢球才能,融合到百戏的制作中,这是人才啊,徽宗也许正是看中了他这一点。我们不好评价什么,只是觉得可惜,其实他和徽宗,都是体育、艺术人才,却不是治国、治军能人。可是历史就是这么荒诞,偏偏让这样的人领导帝国,北宋断送在他们手里,岂能冤乎?

高俅的发迹其实是有社会基础的,当时社会的踢球狂热是一个环境因素。那时候的勾栏瓦舍,到处都有踢球人的表演,他们往往是职业的,靠此养家糊口。有时高手出现,引得众人围观,那景象就如现在的歌星出场一样。他们的热情,在进行职业表演时,传递给了观众,观众依模学样,也向往起那种风范来。大家纷纷组成业余蹴鞠队,尤以乡村为甚。

就是在这种氛围下,那时候还诞生了专门的蹴鞠俱乐部,他们维护自己的利益,组织各种比赛,协调蹴鞠艺人与社会的关系,替他们分红,包办他们的比赛,简直成了一种垄断组织。对比今天的足球俱乐部,这种蹴鞠俱乐部,五脏俱全,并不缺少任何一个部分,各方面都协调得很出色。可见那个时候,我们也有建立起职业体育的可能。

明代禁了很多游艺,蹴鞠也一样。明太祖亲自下旨:"蹴圆的,卸脚。"一个小卫就因偷犯禁,真的被卸掉了右脚,全家发配云南。这可谓严厉。明太祖为什么那么恨民间游艺呢?他自己

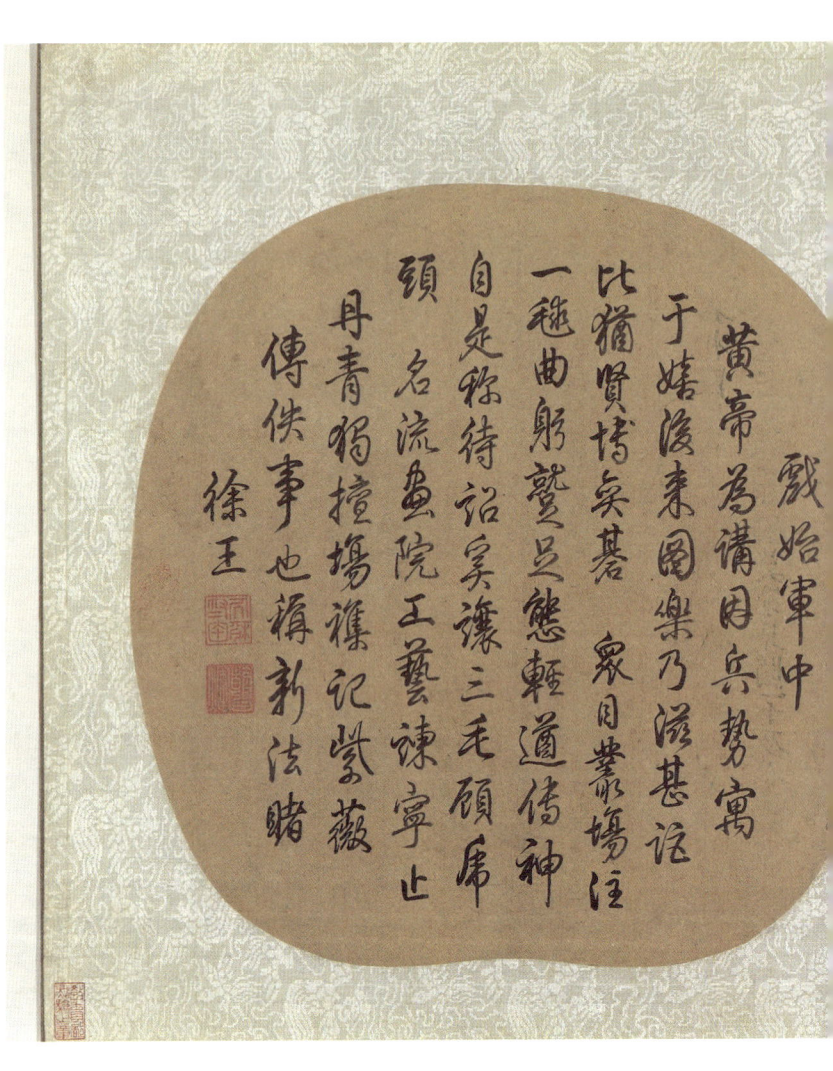

戏始军中 黄帝为讲因兵势寓于嬉没来国乐乃滋甚记比犹贤博奕甚 众目熙熙场注一踢曲躬鷔呈态轻逍传神自是称待诏吴让三毛顾屈颈名流鱼院工艺谏宁止丹青独擅场护记紫薇传佚事也藉新法睹 徐王

蘇漢臣蹴踘棨戲

是民间出身，大概年轻时候受过这些无赖的欺负，大权在握就想报复一下。这样的狠戾行为，也真是只有朱元璋才做得出。这也使得整个明帝国，在初期的时候，一片哀鸿，并没有一种开国的喜庆气象。那些游艺，到后面虽然恢复了，但蹴鞠却不见了踪影，它渐渐淡出了历史舞台，成了一种书本上的记载，成了大众的记忆。

玩法

蹴鞠的玩法分几种，有单球门的，有双球门的。双球门的跟现代的足球差不多。但所用的球是布制的，也有皮革制的，并不像现代一样用合成材料。比赛的时候设有鞠城，就相当于现在的球场。还有一种踢法叫作白打，是一种表演性的炫技，有很多花式的踢法。

寒食城东即事

唐 · 王维

清溪一道穿桃李①,演漾绿蒲②涵白芷。
溪上人家凡几家,落花半落东流水③。
蹴鞠屡过飞鸟上④,秋千竞出⑤垂杨里。
少年分日作遨游⑥,不用清明兼上巳。

王维(? 701—761),字摩诘,唐朝蒲州人,开元时进士,官至尚书右丞,故称"王右丞"。工诗,善书画,苏东坡称其"诗中有画,画中有诗",尝营别墅于辋川,著有《王右丞集》。

主旨

这首诗写寒食城东所见青少年男女游春的盛况,描绘了早春的美丽景象。

注释

① 清溪一道穿桃李:清清的小溪,穿过桃李的芳园。这是写春日游玩的场景,这是最美好的景象。
② 演漾绿蒲:水波荡漾着绿蒲滋润着白芷,这是写春日的柔和景色。
③ 落花半落东流水:你看那落花多半漂流在东流水里。
④ 蹴鞠屡过飞鸟上:蹴鞠往往踢到飞鸟的上面。这是描写游乐的冲天兴致。
⑤ 秋千竞出:荡起的秋千,纷纷飞出绿杨林。
⑥ 少年分日作遨游:少年随随便便挑几个日子出来玩吧!这是写心情的舒畅。

诗里诗外

"风吹雨成花,时间追不上白马",这是唐意,被流行歌曲写了进来。我们想见开元时的情景,从这首诗可以感受得到:那是春意盎然的时光,人人争相游乐,走马秋千,红箫绿玉,酿成一派春日晴和,这是最难得的景色。王维最擅长写这个,留下了最佳的风景画。这是一点一滴的成色,从心弦里涌出来,只有王维做得到。我们看王维的诗,全是这种色调,他并不追求淡远,全是明丽的铺陈,难就难在居然有淡远的味道,这是佛家的影响吧,也难怪《红楼梦》里会将他作为学诗的模板,只有这种模板才能够惊为天人。我们想见王维那时的风采,每有作出,必定洛阳纸贵。这不是一般才子的殊荣比拟得上的。所以后来,人们欲比较时,总说王维是艺术家,而不仅仅是一位诗人了。什么是艺术家?艺术家讲究兴象玲珑,而不仅仅是直抒胸臆,所以苏轼说他诗中有画,画中有诗,这是极高的评价。

他有一首诗写秋山:

秋山敛余照,飞鸟逐前侣。
彩翠时分明,夕岚无处所。
(《木兰柴》)

这就说不清是什么境界了。你看那秋山的余照,飞鸟在前面飞呀飞。树叶映着光芒,而山中的岚气却显得虚无缥缈。这是大诗人才能写出来的意境。

射箭

科普 //

射箭,一种古代的射击项目,利用弓把箭射出去,后成为体育项目,奥运会有射箭项目的比赛。

诗歌里的游戏

历史

《礼记·射义》说："射者，仁之道也。"周朝很早定下了每个有修养的人必备的六种技能：礼、乐、射、御、书、数，这就是六艺，"射"是其中必备的一项技能。先秦时设庠、序、学、校，朱熹《大学章句序》说："人生八岁，则自王公以下，至于庶人之子弟，皆入小学，而教之以洒扫、应对、进退之节，礼、乐、射、御、书、数之文。及其十有五年，则自天子之元子、众子，以至公、卿、大夫、元士之适子，与凡民之俊秀，皆入大学，而教之以穷理、正心、修己、治人之道。"这些学问，都是周代贵族必须掌握的，一样也不能落，射箭是其中的一项，每个贵族子弟都必须学会。

周代射礼的门类中，不同的人参加不同的射礼。射礼有大射、乡射、宾射、燕射四种。大射是天子、诸侯祭祀时所行之礼。《仪礼》中说，乡射是在州乡之地举行的射箭，宾射是诸侯来朝拜天子或会盟时所行的，燕射是天子、诸侯举行宴会时的射箭。这其中，宾射与燕射是宴饮时的活动，氛围较为轻松。那时候的射箭为什么分四等呢？大约与诸侯等级有关，不同的等级，举行不同的射箭，以体现出等级差异，这就是礼。体现礼的精神的活动，贯穿了周朝人的灵魂。这就是周人所念兹在兹的东西，并不仅仅是等级制，而是一种哲学精神，所以孔子说，"克己复礼为仁"，把仁提到礼的上面，这是周人的遗泽，也是孔子终身维护的东西。难就难在一个"礼"字上，射如果变成一种"礼"，不就不暴力了么？由此可见周礼之一斑，它是尽量"文化"一切活动，变得温文尔雅，但有时候过了头,也会为后世所诟病。"射"后来褪去"礼"的色彩,变成纯军事活动,其实跟这有关。现代的"射箭"倒更有"射礼"的意思,它被纳入奥运项目中,变成一种礼节性的活动,这才是"射礼"的本相。

先秦时由于诸侯争霸,群雄逐鹿,社会动荡不安,武力是最有说服力的工具。秦始皇统一六国后,采取了一系列强制性的措施来禁止武力。《史记·秦始皇本纪》说:"(始皇)收天下兵,聚之咸阳,销以为钟镰。"秦朝禁止百姓学习作战技能,故废止了古代的讲武之礼,其中便有射礼。但汉朝建立后,尚武之风得到恢复,班超"生不归回玉门关"的信念便是一个典型。国家的边境自卫反击,促进了射法的普及。而且两汉时期社会生产力还比较落后,在这种条件下,射箭是人们获取生活资料的一个重要途径,如通过射箭来捕鱼,通过射箭来狩猎等。《汉书·宣帝纪》载:"(元康三年夏六月)诏曰:'……其令三辅毋得以春夏摘巢探卵,弹射飞鸟。具为令。'"可见当时射箭的泛化。弓箭是当时军队军事训练的主要器械之一,从汉画和汉简中可以看到,射箭在当时已经相当规范化、操典化。两汉时期与匈奴作战,匈奴善骑射的特点也化入边疆人民的血液中。射箭无论对于百姓还是国家,都不可替代。那时的射箭,有着国家防御的功能,不仅仅是一项礼节,这跟周朝不一样,大大强化了它的武力色彩,去除了文弱的标签。人说"汉朝以质",便是指此而言,纠正了周朝过于"文"的弱点。这样一个王朝,无论从形还是质上,都跟周朝不同,不再讲那么多繁缛的礼节,而直接从事物的本质出发,朴拙大方。

魏晋南北朝的射箭文化与汉代不一样。由于多民族的融合,

诗歌里的游戏

射箭自然成了必备的技能之一。如北魏孝武帝时期,射箭成了殿上的观赏内容。《周书·窦炽传》记载:"魏孝武即位,茹茹等诸番并遣使朝贡,帝临轩宴之,有鸱飞鸣于殿前,帝素知炽善射,因欲示远人,乃给炽御箭两只,命射之。鸱乃应弦而落,诸番人咸叹异焉。"那时的射箭可以在殿上举行,丝毫没有避忌有什么危险因素似的,以服远人也用此招,用来昭示国力之强大。少数民族的腕力,似乎胜于汉人,他们崇拜英雄的射雕手,更加宣扬个人英雄主义。又《北齐书·綦连猛传》载:"五年,梁使来聘,云有武艺,求访北人,欲与相角。世宗遣猛就馆接之,双带两鞬,左右驰射。兼共试力,挽强,梁人引弓两张,力皆三石,猛遂并取四张,叠而挽之,过度。梁人嗟服之。"綦连猛与梁使比赛角力,挽弓当挽强,并且连胜,为国家长了志气。这就是那时的斗箭场面,不仅要比箭,还要比箭手的力气,并以国家荣誉相赌。由此可以看出,箭手的体力和功力都很重要,这在过去是不太强调的,可能是受到了北方少数民族的影响。

唐太宗写过一首《出猎》,专门写出了射猎的风情:"楚王云梦泽,汉帝长杨宫。岂若因农暇,阅武出辕嵩。三驱陈锐卒,七萃列材雄。寒野霜氛白,平原烧火红。雕戈夏服箭,羽骑绿沉弓。怖兽潜幽壑,惊禽散翠空。长烟晦落景,灌木振严风。所为除民瘼,非是悦林丛。"这写出了当时终南山出猎的样子,这是农闲之时,田野里一望无际,沐浴着夕阳的光辉。雕戈、羽骑引弓竞射,鸟兽惊怖,四散一空。我们这样轰轰烈烈地出猎,是为了卫国安民,而不是林下纵乐游玩呵。这是唐太宗的风采,也是唐帝国的辉煌表现,豪情绽放时又不忘"除民瘼"的理性。这就不是汉时的风情了。唐人的豪荡感与汉人不同在此，它更多是敛着的，哪怕在游猎的时候，国家的威仪感也被更多地强调，而不是草创时期的奋发图强，像汉武帝游猎一样。

　　射箭的射法有五种：白矢、参连、剡注、襄尺、井仪。白矢是箭头发白，穿透了靶子。参连是三箭齐发，前后相属。剡注是箭头低、箭尾高，箭身呈削状。襄尺是君臣共射，但臣子退后一尺。井仪是四箭贯靶，呈井字形。这五种射法共同锻炼了射箭者的箭艺。那时候的训练很严格，箭艺的产生，离不开长期的驰纵。这五种射法，只是射礼中的，真正的射箭活动中，其实不太拘规格。如汉朝人的射猎，不拘一格地打中目标，早已脱离了周朝的礼制，形成了自己的规范，像汉画像砖反映出来的，蒸腾着汉朝人的气象，早已不是那么雍雍穆穆的感觉了。这就是射礼在汉朝的泛化，被匈奴人刺激出来的，形成了一套新的射艺。汉朝人的射，武力占据了一切，不再是文象了。

　　至于弓箭的制造，《周礼·考工记》中也有规定，它说应该根据人体力量的差别，来制造不同的弓箭，弓应该分为上中下三制，上中下三制分别由上士、中士、下士使用。这里的上中下三士应该是指身高，而不是指箭艺。这其中还规定了应该根据人的性情来分配不同的弓箭，比如说柔缓的人，就不应该使用太强劲的弓箭，强劲的人同理。如果反过来，弓箭的使用就不当了，这样就不太容易射中目标，也不太容易深入。

　　真正的射礼有"三番射"，亦即三轮竞射的意思。每一轮射手有四支箭可以用。第一轮射，六名射手，按其技艺水平，分成三组，所谓上耦、次耦、下耦。每一耦分上射、下射。上耦的上下射先射，依次把手中的箭射完，然后是次耦、下耦，第一轮比赛的分数并不计入总分。第二轮射，人员略有调整，主人、嘉宾、大夫、从臣都可参与进来。主宾配合为一耦，主人居下射。大夫、士为一耦，众宾一耦。三耦射完，分出胜负，负的一方喝酒。第三轮射，要配合音乐进行，所谓"乐以助射"，比赛结果公布，负的一方还是要喝酒。这样，三番射礼结束，这就是当时的射仪。周朝的射礼就是这个样子，可以看出，与现代游戏竞技有许多相似之处，都是讲究一个娱乐性，与武力性的征伐不是一回事，这就和汉朝人不一样了，更渗透了一种礼制的精神，讲究的是和睦的秩序，进趋的有序和礼乐的精神。

射礼还跟祭祀有很大关系。《礼记·射义》里说："射中者得与于祭，不中者不得与于祭。不得与于祭者有让，削以地。得与于祭者有庆，益以地。"参加祭祀是有资格限制的，你得射中才行，能够参加祭祀的人会得到封地，不能参加的反而会削地。也就是说，这种射礼还跟利益有关系，关系到诸侯的身家与尊严，这更加证明了射在周朝是一种礼，而不是军事活动。至少在一定阶层的人是这样，这样严格的等级制度，是周代的一个特色，其晋升与降格，同时与礼息息相关，稍有疏忽，资格便会削减。这样严格的等级制度，也的确会在后世崩溃。

而汉朝之所以射义大显，更在于它除了步射之外，还发展出一种骑射。骑射又叫马射，也就是骑马射箭。这当然是从北方游牧民族学过来的。自从赵武灵王推行"胡服骑射"以后，各个诸侯国纷纷效仿。到了汉朝，由于边境冲突，汉朝政府对骑射技术尤为重视。他们认为，在马上射箭，是最有效的歼敌方式，也能

◆元人猎骑图

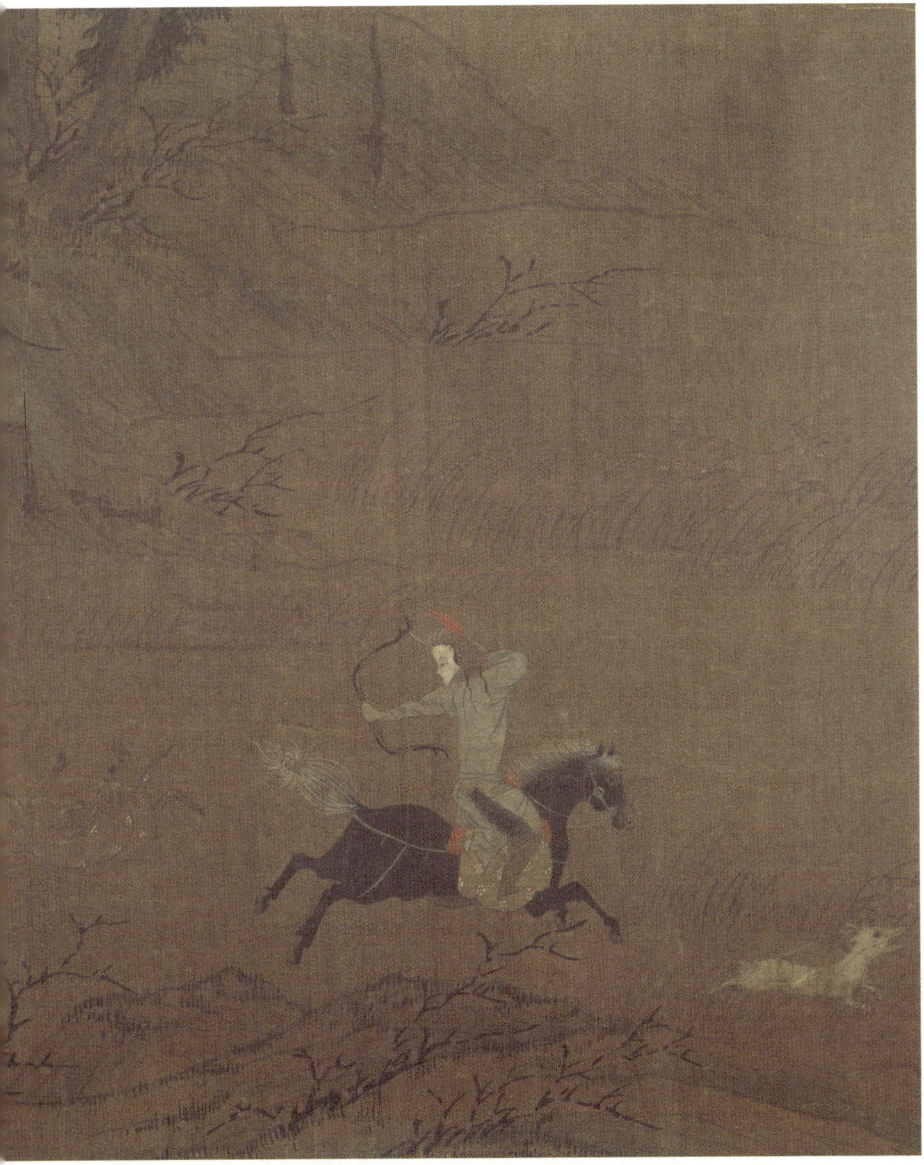

◆元人猎骑图

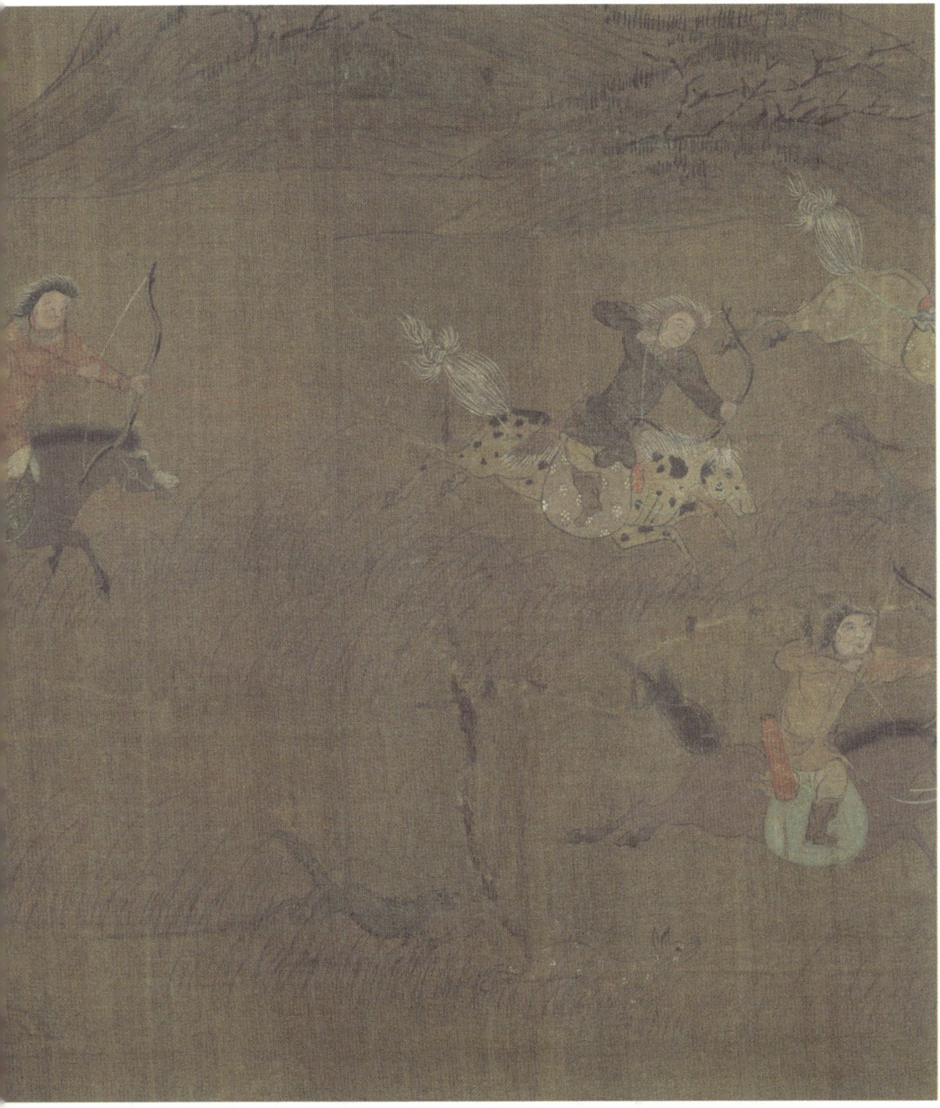

起到最快速地移动的效果。汉代画像砖上有不少这样的画面，在飞驰的马上，或搭箭，或发射，中者应声而倒，展现了丰富的气势和英雄的色彩。这些画像砖，保留了那时的画面，就像一幅幅风俗画，刻印了那个时代的民风。

那时的画像砖上还有一种"弋射"，弋射是以箭带绳，用来射高空的飞鸟的。弋射发射的不是箭，而是短的矢，亦即所谓"矰"。《汉书·枚乘传》中记载，汉武帝封泰山，"游观三辅离宫馆，临山泽，弋猎射驭狗马蹴鞠刻镂"，弋猎和射驭分开讲，可见是两种不同的形式。弋射与射的区别在什么地方呢？由于箭是要收回的，所以发力必须猛，这就不是轻描淡写地射一下了，所以迟重感很强。从画像砖上反映出来的形象来看，它似乎是一种对飞鸟游弋的捕捉，对无际天空的向往，淋漓尽致地反映了出来，汉朝人的朴拙可见一斑。

现代武侠小说中也有对射技的描写。最为人熟悉的是金庸的《射雕英雄传》，他写郭靖出身于大漠，便习得一身射箭绝艺，堪与蒙古英豪比肩。坊间还有小说如《云海玉弓缘》等，都写出了射箭英雄的风采。

到了今日，弓箭退居幕后，成为一种纯粹的游艺，但它展示的精神，如自强不息的拼搏感、十步一箭的精准追求，还在影响着人们。我们相信，作为一种文化遗存，它将在精神文明建设上发挥更大的作用。你看满街的射箭馆，不正是古代射礼的化身么？它对锻炼人的大脑，有着妙不可言的作用，精神的集聚，莫此为胜。

玩法

　　传统的射礼，即如上文所说，有白矢、参连、剡注、襄尺、井仪五种射法，而且还有"三番射"的规矩，但真正的骑射活动是不可能讲究这么多规矩的。即如现代射箭，弓是特制的，加了瞄准器与平衡器，更加能保证命中率。射箭这项活动，更像一种娱乐休闲，不再是较武的技艺了。

观猎

唐·王维

风劲角弓鸣①,将军猎渭城②。
草枯鹰眼疾③,雪尽马蹄轻④。
忽过新丰市,还归细柳营⑤。
回看射雕处⑥,千里暮云平⑦。

王维（？701—761），字摩诘，唐朝蒲州人，开元时进士，官至尚书右丞，故称"王右丞"。工诗，善书画，苏东坡称其"诗中有画，画中有诗"，尝营别墅于辋川，著有《王右丞集》。

诗歌里的游戏

主旨

这是写一将军射猎,其豪情动天地也。

注释

① 角弓鸣:角弓嗖嗖作响。角弓,饰以兽角的弓。
② 猎渭城:在咸阳城边打猎。咸阳城在长安城西北,汉时改称渭城。
③ 草枯鹰眼疾:万草枯黄,鹰的眼睛更锐利了。
④ 马蹄轻:马蹄都感到很轻松的样子。这是写冬季草枯,连鹰都看得远一点,雪尽了,马跑得更快,这是写轻快的射猎感。
⑤ 细柳营:汉将周亚夫之营。史载汉文帝曾察探细柳营,见其军容整肃,十分满意。这是将将军比作周亚夫。
⑥ 射雕处:北齐斛律光,人称"射雕都督"。这是借斛律光来赞美将军。
⑦ 千里暮云平:那霞光照射得,仿佛都化入了无尽的苍穹。

诗里诗外

到底谁才是金庸作品中的第一英雄,历来是有争论的,但大抵是两个选择,郭靖和萧峰。

这两个人,一个是汉族英雄,却在草原长大,另一个是契丹人，却从小在南国奋斗，也不知是不是作者故意设计出来的。萧峰超越了郭靖，他看到的更是苍生的苦，然而郭靖的就义呢，在襄阳城上，城破而亡，这难道仅仅是家国大义吗？两个人都可以说是射雕英雄，看不出有什么轩轾，郭靖所谓侠之大者，为国为民，是真正的传统知识分子的情操，而（萧峰）雁门关就义，不更是如此么？金庸心里有一幅天地图，写的就是苍生英雄，为其赞歌，为其痛惜。

弄潮

科普 //

　　弄潮，古代的一种游艺，钱塘江大潮的时候，在潮头做各种各样的戏法，今天名冲浪。

历史

钱塘大潮观潮起于汉魏，至今已两千余年。王充《论衡》上说："浙江、山阴江、上虞江皆有涛，三江有涛，岂分橐中之体，散置三江中乎？人若恨恚也，仇雠未死，子孙遗在，可也。今吴国已灭，夫差无类，吴为会稽，立置太守。子胥之神，复何怨苦，为涛不止，欲何求索？"这是认为钱塘潮是伍子胥的灵魂化成的，因为心有不甘，所以呼啸而至，以成势大。到了后来，唐宋时期，观潮成为一项活动。南宋时最为风流。《梦粱录·观潮》上说："每岁八月内，潮怒胜于常时，都人自十一日起，便有观者，至十六、十八日倾城而出，车马纷纷，十八日最为繁盛。"这连续几天的潮水，形成一个风潮，人们纷纷去观赏，到了十八日就是鼎盛了。观潮的地点是杭州城东南的庙子头到六和塔沿岸的江干，长达十几里的地方，全部都是观潮的人群，对岸的萧山也是人潮人涌，权贵们集中在浙江亭一带，连凤凰山上也挤满了人。这就是那时观潮的盛况，仿佛一个节日，动了大家的豪兴，要争此一睹似的。徐凝《观浙江涛》说："浙江悠悠海西绿，惊涛日夜两翻覆。钱塘郭里看潮人，直至白头看不足。"这看潮的人啊，看一辈子也不会满足的，这钱塘大潮的魅力，可见一斑。

钱塘江沿岸居民有弄潮的习俗。传说伍子胥被杀之后，尸体沉于江，沿岸居民可怜他，就到潮头去救回他，这是一个起源。而另一个起源跟生产有关，沿岸居民有抢潮头鱼的习惯。每当潮来时，潮里的鱼是很丰富的，他们用粗竹竿绑上网兜，对准潮头

诗歌里的游戏

兜去，往往就能捕到大量的鱼，这是弄潮的起源之二。就这样，或者是传说，或者是实际的生产习惯，促成了弄潮这种活动的开展，成为一项游艺。

早先的弄潮鲜有记载，"观广陵之涛"的记载也只是在扬州一带，且未见弄潮之事。后来潮事转至钱塘，到了宋朝，也只有钱塘江一带有弄潮之事了。《都城纪胜·舟船》记载："惟浙江自孟秋至中秋间，则有弄潮者，持旗执竿，狎戏波涛中，甚为奇观，天下独此有之。"这就是说，弄潮，是钱塘江的一道独特风景，别的地方看不到的。弄潮又叫弄涛，《元和郡县图志》载："江涛每日昼夜再上，常以月十日、二十五日最小，月三日、十八日极大。小则水渐涨不过数尺，大则涛涌高至数丈。每年八月十八日，数百里士女共观舟人渔子泝涛触浪，谓之弄潮。"再大的狂风，也阻挡不了弄潮者的豪兴，这就是钱塘大潮吸引人之处，它与弄潮者同呼吸共命运。在钱塘江的大潮中，少不了翻滚的、豪兴的健儿，满足了众人观看的需求，这就是弄潮的欣赏价值，它跟冲浪有很多相似之处，都是以命相搏，不畏水威，仿佛鱼儿一样。他们的勇敢从哪里来的呢？大约也是天生的习性，生于水边，便习惯了水中搏命，如《庄子》里所说的那样。那种搏命于水的人，不知道水的可怕，他们只是习惯于那种感觉，如履平地一般，外人看来，惊恐万分，他们全无知觉，勇敢的人往往如此，这就是弄潮的心理特点。

弄潮和冲浪还是有些不同之处的。最大的一点是，弄潮者要执着旗子，最好旗不要沾湿，并同时做出各种动作。《都城纪胜》所谓"持旗执竿，狎戏波涛中"是也。为什么要执着旗竿子呢？

诗歌里的中国

大约也是一种祭祀仪式，不是单单在那里踏浪，这就跟冲浪不一样了。所以范围也小，不可能延伸到大海上，就是江口的一种运动，然而弥足珍贵，它通向了海洋的气息，为人们通江达海打开了一扇窗口。在古代的心理文化图景中，这就是一个外来户，所以始终不太适应，士大夫往往反对这项极限运动，就是这个缘故。那时的士大夫往往说："厥有善泅之徒，竞作弄潮之戏，以父母所生之遗体，投鱼龙不测之深渊，自谓矜夸，时或沉溺，精魄永沦于泉下，妻孥望哭于水滨。生也有涯，盍终于天命，死而不吊，重弃于人伦。"（《梦粱录·观潮》）这是在批评那些弄潮的人，身体发肤，受之父母，而这些人却为了娱乐而不珍爱自己的生命，出了事留下家人痛哭流涕，这是不负责任的，是抛弃人伦的行为。

现在的潮势经历千年的变迁，已经很不同了。观潮的地点现在也不同，从南宋时的江干一带，移到海宁盐官以东的丁桥。更重要的是，现在有了钱塘江冲浪大赛，变成了真正的弄潮比赛，钱塘江终于展开了怀抱，变成了一个内河集训地，不亚于海港的优势，让众多健儿能够一展身手，向高领域出发。

钱塘江重新成为冲浪的地方，已经是现代了。2007年10月，有两名外国游客连续下钱塘江冲浪，被判违规。之后，杭州市体育局及相关部门举行了论证会，认为此活动可以开展，随即邀请国外好手来冲浪。2007年，巴西的Eduardo Bage在观潮期间举行的冲浪表演，达到了1小时10分钟17.1千米的长度。正是这次活动，拉开了钱塘江冲浪比赛的序幕。2009年到2011年，连续举办了三届冲浪比赛。2012年又制定了比赛规则和详细的制度。到如今，钱塘江冲浪比赛已成为观潮节的一个必备项目，且有中国选手的参加。它成为钱塘江的一张名片,展现在世人面前。钱塘江的古潮,也终于焕发了新生,迎接五洲四海的人,成了一展绝技的平台。

钱塘江的大潮,经历千年变迁,现在已经平缓了,上游的水电站,减缓了大潮的汹涌。但其内在的精神气韵,千古以来,仍然以争立潮头的姿态,感染着千百万人。钱塘江的新生,仿佛就竖立在那些弄潮人的身上,那些古潮的汹涌,变得平静,然而潮头的健儿,赢得新生。

玩法

弄潮与冲浪的方法基本相同,不同点在于手中要执旗子,整个过程中旗尾不能沾湿。这是一种相当难的玩法,考验的是体力,更是技术。古代的弄潮往往比现代的冲浪更难。

瑞鹧鸪·观潮

宋·苏轼

碧山影里小红旗①,侬是江南踏浪儿。
拍手欲嘲②山简醉,齐声争唱浪婆③词。
西兴渡口帆初落,渔浦山头日未欹④。
侬欲送潮歌底曲,尊前还唱使君诗⑤。

苏轼(1037—1101),字子瞻,眉山人,苏洵长子,诗、书、画、词,均有名声,其文雄放,其词高旷,为豪放派大宗,安石变法,因与其政见不和,外放数州,在黄州号东坡居士,著有《东坡集》等。

诗歌里的游戏

主旨

这首词写钱塘江观潮,上阕弄潮,下阕送潮,宛如一幅观潮风俗画,写景中透露出乐观、开朗的精神状态。

注释

① 小红旗:指踏浪儿手中所执之旗。这是一幅安闲的景象,在碧山影中,踏浪儿手执小红旗,形成对比,这是貌闲意悦的味道。

② 拍手欲嘲:拍着手去嘲笑。山简醉,《世说新语·任诞》载,晋山简嗜酒,一喝就醉,醉则倒戴头巾骑马。这里是写,我有点看不起山简的醉态,倒不如这踏浪儿的潇洒啊!

③ 浪婆:指波浪之神。孟郊有诗:"侬是拍浪儿,饮则拜浪婆。"(《送淡公》)浪婆词就是祭水词,唱之则胜。

④ 渔浦山头日未欹:渔浦山头,太阳还没有下山啊!这是一幅壮丽的景色。

⑤ 使君诗:杭州太守陈襄的诗,并非苏轼,当日与作者同游。

诗里诗外

苏东坡一生有多苦?从乌台诗案开始,他的人生就走了下坡路,宋代有不杀士大夫的好传统,他竟险遭杀身之祸,到底是触犯了什么呢？也无非是小人谗构罢了。他什么都不靠，总想说自己是公平人，也实在大公无私得紧，到底是书生气十足，与王安石还是不太一样的。然而政见上，人们说他是保守派，是说他不愿意承担一些过大的风险，与司马光又是两样。他说，人间有味是清欢，也是伤尽心之后的话，你看那天和淡淡的，这就是最好了。为何不说"人间至味是清欢"呢？

　　他是个达观通透的人，早就参透了人世间的玄机。他诗里写道："人生到处知何似，应似飞鸿踏雪泥。泥上偶然留指爪，鸿飞那复计东西。老僧已死成新塔，坏壁无由见旧题。往日崎岖还记否，路长人困蹇驴嘶。"（《和子由渑池怀旧》）这是深刻的感悟，你看那飞鸿飞得高远，但留不下一二脚印，人生亦如此，我们哪里能计较去留呢？或许有一些指爪吧，然而转瞬即逝，那些情感，只留在当事人的心里，回不到那个当下，当下又能有什么当下呢？你找它，它就没了，最后又能剩下什么呢？长长的路途，一头病驴，在跋涉着。这是人生的真实状态，写得过于残酷了，然而你要留下一点幻想，或许也能改变点什么。

龙舟竞渡

科普 //

龙舟竞渡，一种端午节的游艺，乘坐龙形的船，大家齐划，争渡夺魁。

历史

龙舟竞渡主要跟龙文化有关。我国自古以来就有龙崇拜的习俗,龙的身影到处都有。最早的龙舟竞渡来自百越,在每年的重五日(也就是后来的端午),百越人断发文身,驾起龙舟,来祭祀龙神。像包粽子之类的活动,都和百越人的祭祀有关。屈原是后来加上的,屈原自沉汨罗,楚国人民怀念他,遂在端午这一天,祭龙神的时候,把他也算进去了,也不仅仅只为他而驾起龙舟。正如唐诗里说道:"节分端午自谁言,万古传闻为屈原。堪笑楚江空渺渺,不能洗得直臣冤。"(文秀《端午》)民间一直这么流传,表达了对屈原的怀念,这就是龙舟竞渡的起源。

龙舟的头有好几种,据记载,就有鸟头、兽头、马头三种。鸟头在古代是最普遍的,像《淮南子·本经训》《孔雀东南飞》《穆天子传》里,都提到了鸟头的龙船。兽头龙船中以虎头最常见,北宋时常有。马头龙舟是在出土文物中看到的,在"燕乐射猎图案刻纹"中,就有一只这样的龙船。虽统以龙为号,但实际上花式各样。现代的龙船几乎都以龙为首了,不再做这种区分,清一色的都是龙头,反而更加名副其实,这是龙舟的一种革新。

龙舟竞渡的竞争性,也是有传承的。最早的时候,汉朝人为了改造南方文化,"置羲和官……班教化,禁淫祀,放郑声"(《汉书·平帝纪》),这时候南方的鸟舟就有了竞渡的因素。"竞渡"一词最早出现在西晋,周处《风土记》记载:"仲夏端午……采艾悬于户上,蹋百草,竞渡。"那时候龙舟竞渡已经有规模了。又东晋《抱朴子》上说:"屈原没汨罗之日,人并命舟楫以迎之,至今以为竞渡。或以水车,谓之飞凫,亦曰水马,一州士庶,悉观临之。"那时候各州将士也亲观其阵,观看龙舟竞渡的盛况。到了后来,竞争性更加突出,甚至有以命相搏者,这种现象直到近现代才有所减轻。在划船的时候,一开始未必会有多少竞争的因素,但多条船并行之后,这种竞赛的情况就出现了。到了近现代,常以社团为单位,展开龙舟竞渡,这又是一种风貌。所有的龙舟齐头并进,鼓噪出一片锣鼓喧天,各色的旗帜飞扬,人人都热血沸腾。这就是龙舟竞渡的场面,张扬着现代并存的张力,像是一幅画,浓缩了一切情绪,启迪人的心灵。

现代龙舟运动,与古代龙舟竞渡有什么联系呢?从表面上看,它是一种传统竞技项目的传承,但实际上,我们从龙舟竞渡上,看到的不仅仅是一项体育运动被完整地保留了下来,而是竞渡的激情积淀在人们心中,成为一种不竭的动力,不断地鼓舞人们前进。它又是集体性的,争夺集体荣誉,浓浓的家族情感,胜过了个人的喜好,一切集体无意识的情绪,在锣鼓喧天中,演化成鼓噪的奋进感,并行不悖,而又错落有致。这种饱满的情感,正是水上运动造成的。所以,不说古代、现代,也不说西方、东方,这种运动的激励力量是相通的。且看现代划艇运动和牛津剑桥的赛艇,它们在运动的本质上与中国龙舟运动又有什么差别呢?

那么龙舟竞渡,渡的是什么呢?是年岁的收成,是众人的平安,是家乡的和乐,是亲人的顺遂。这就是文化的传承感,从上世而来的东西,传递到今天,就这样留了下来,融进了我们的骨髓里,成为一种味道,是弥足珍贵的东西。

玩法

现代的龙舟竞渡都以龙头为准,先触线者为胜。每到端午的时候,各个代表队,着不同服色的衣服,并排坐在龙舟上,启哨一响,大家奋力向前划,直到终点,十分热闹。

岳州观竞渡

唐·张说

画作飞凫艇①,双双竞拂流②。
低装③山色变,急棹水华浮。
土尚三闾俗④,江传二女游。
齐歌迎孟姥,独舞送阳侯⑤。
鼓发南湖漾,标争西驿楼。
并驱常诧速,非畏日光道⑥。

张说(667—730),字道济,又字说之,河南洛阳人,唐朝政治家、军事家、文学家,朝廷大述作,多出其手。为文属思精壮,长于碑志,卒谥文贞,著有《张燕公集》。

诗歌里的中国

主旨

这是写岳州竞渡的情景,人们争先恐后,场面十分壮观。

注释

① 飞凫艇:形状像鸭子一样的龙船。

② 拂流:扬起水花。这是龙舟竞渡的情景,人在舟中,奋力划啊!

③ 低装:压低自己的身子。这是写身姿,身姿低才能发力。

④ 三闾俗,二女游:这个地方的人还崇拜着屈原啊,还流传着娥皇女英的传说。

⑤ 孟姥:船神。阳侯:波涛之神。大家载歌载舞,逢迎着船神和波涛之神,这是写水中欢乐景象。

⑥ 日光道:日光很猛烈。这并驾齐驱的,速度惊人地快,根本不是怕日头的毒烈。

诗里诗外

南国的风光,到底染了多少屈原的色彩,看看龙舟竞渡习俗就了然了。这是龙舟文化的另一个源头。若没有屈原,楚文化的浪漫主义色彩恐怕要逊色多吧。因为屈原,中国文化在先秦传统理性之下,还开出了楚汉浪漫精神(按李泽厚的说法)。

诗歌里的游戏

"秋兰兮麋芜，罗生兮堂下。"(《九歌·少司命》)这秋花已开遍了堂下，这是最宜迎接神来的，这就是《楚辞》的气氛，与中原《诗经》是两样的。你看那花花草草的，开得那么灿烂，人是不是也该如此呢？这就跳出了伦理的圈子，开出了生命的路途。

这是另一个传统，不同于《诗经》教化所形成的儒家氛围，所谓有阴必有阳。有了《诗经》的现实主义，才更显出《楚辞》的浪漫主义，当世就不用说了。就是谭盾的音乐，那独特的味道，也是从楚文化中出来的。

然而屈原何许人也？他成了词宗，受后人凭吊，文人之祖应该说他，所以才放在集部的第一位。中国文化多亏有屈原，才长歌当哭，把不能发泄的东西发泄出来，不再那么压抑了。后世诗人皆出于此，写情写意，突破禁戒，全在屈原的风格影响下成长出来。这才有了灿烂的诗歌史，才能见到更加烂漫的真人气息——这就是屈原的意义。

第四辑

礼俗类

投壶

游戏

科普 //

投壶是一种古代宴会时的娱乐，宾主依次把箭投到壶中，以投中次数多为胜，胜利者斟酒给败者饮。

历史

　　投壶这项游戏，早先是一种礼仪。它在王公贵族之间，传递着一种和谐的意绪。《左传》中就有记载，晋昭公举行宴会，就有投壶的项目，它在宴会中表达的，是一种礼制的精神。这是投壶的早期意象。

　　投壶又跟射礼相关。《大戴礼记》和《礼记》中均有记载。它和礼的联结，正是在射艺上，如果找不到别的替代之物，就用投壶来代替射吧，所以有人说投壶乃"射之类也"，这是说投壶这种礼是射礼的延伸。它为什么能代替射礼呢？因为射本身也是温文尔雅的，在周朝就是这个样子，具有礼仪的一贯性。我们说，作为一种传递，射礼传递给了投壶，在礼仪上完美衔接。

　　投壶的游戏意味在战国时得到体现。那时候的贵族，已经渐渐地从呆板中脱离出来，投壶变成了一项游戏。有些贵族专门搞这种小玩意，在房内设壶，以一种轻巧的方式，轻松地投进去，也不考虑什么礼仪。至于在大殿上，却又庄重起来，这种两面性，使得投壶变成了一种双重的象征，有时候是礼仪，有时候却又是游戏。那时候的人也贫乏，找不到什么有趣的娱乐，于是一心两用，发明了投壶两用法。

　　所谓"以和为贵"，真实地反映到了投壶身上。贵族们和乐其间，也并不如射礼般激烈，这是一种传统文化的象征，是礼的释放。

　　投壶在汉代变得更加游戏化了。大家不满足于循规蹈矩的游戏，而出现了一些新的花样。《西京杂记》里说："武帝时，郭舍人善投壶，以竹为矢，不用棘也。古之投壶，取中而不求还，故实小豆，恶其矢跃而出也。郭舍人则激矢令还，一矢百余反，谓之为骁。言如博之竖棋于辈中，为骁杰也。每为武帝投壶，辄赐金帛。"这是一个相当高明的投壶者，他改变了投壶的方式，变得轻便起来，不在壶中装满豆，也就可以使箭跃出，像骁腾之状。这样的投壶，也就不是那种温文尔雅的方式了，它可以多次玩耍，变得丰富起来，受到武帝的喜爱，可见人的天性是笼不住的，即便是封建帝王，受礼仪的规制，有时候也会不经意间流露出蛮性，产生一些丰富的想法，这就是他们的生命力。

魏晋至隋唐时，投壶就疯狂地娱乐化起来。那时候投壶的方式，也不仅仅是骁投了，许多方式都创新了出来。《太平御览》引《晋书》云："石崇有妓，善投壶，隔屏风投之。"这是隔着屏风去投壶。敦煌壁画里也有很多投壶的方式，都做得很积极，不是古时那种味道。隋炀帝还颁布了《投壶乐》，作为一种演奏，仿佛是歌舞表演似的，促进那种玩乐的气氛，这也不是古时的意思。可见，投壶已经变得人人可玩，想怎么玩就怎么玩，这才是敦煌气象所表现出来的感觉。我们也可以看到，这时候的投壶，它更像一种人为的游艺，不再有礼仪的规范作用。它的文化作用大大彰显，像这些诗句"挦捕冷澹学投壶""收却投壶玉腕劳"，便是写那时的风流。人们精力集中，却又不把它当一回事，这就是那时的投壶状态。或者说，玩兴正起，投上几圈，挥洒自如，这就是那时的投壶。

到了宋代，投壶出现了一次逆流。那时候的商品经济很发达了，但仍有些士大夫坚守古礼，想要回到周朝的雍雍穆穆的氛围中，司马光就是一个。他看到投壶之义大失，想要恢复古礼，便作了《投壶新格》，搞了一次复古创新，重新规定了投壶的样式。但那时候人们都已习惯了，怎么恢复得回去呢？这就显得逆潮流而动，有点不合时宜了。其实，即便是在先秦时，投壶也未必尽合于"礼"。《左传》中就有记载，"晋侯以齐侯宴，中行穆子相。投壶，晋侯先。穆子曰：'有酒如淮，有肉如坻，寡君中此，为诸侯师。'中之。齐侯举矢，曰：'有酒如渑，有肉如陵，寡人中此，与君代兴。'亦中之。伯瑕谓穆子曰：'子失辞。吾固师诸侯矣，壶何为焉，其以中俊也？齐君弱吾君，归弗来矣！'穆子曰：'吾军帅强御，卒乘竞功，今犹古也，齐将何事？'公孙傁趋进曰：'日旰君勤，可以出矣！'以齐侯出。"与其说是礼节，不如说是称霸诸侯的政治野心的比试。哪还有什么礼呢？

但是《投壶新格》这本书相当程度上，恢复了先秦时候的投壶之制。各种投壶的方法，都有所记载，如"有初"（第一箭即投入者）、"连中"（第二箭也投入了）、"贯耳"（投进壶耳中）、"散箭"（第一箭没入，第二箭入了）、"全壶"（全部投入）、"有终"（末箭才投入）、"骁箭"（投入壶中之箭反跃出来，接着又投入者）。这些记载，保存了古礼，或者说恢复了古礼的样貌，很有些学术价值。

投壶到后来渐渐消失了。到了明清时候，由于复礼作用的影响，即如司马光所提倡的那样，它还就真的变成了一种礼仪活动，不再有丰富的娱乐感。很少有人再行投壶这种游戏，只是宫廷里的一种演礼，变成了枯燥无味的东西。那时候，像酒牌之类的游戏，显然更能吸引普通民众的目光，人们的世俗欲望也充分地表露在外，不再有那么丰富的礼仪兴趣。在这种情况下，投壶是真的衰落了。到了近代，由于西方体育的传入，人们更追求竞技性，这种温文尔雅的游戏就更没有人关注了。

投壶的历史，就这样完结了。但它蕴含的礼仪精神，保留在传统文化中，一直沿续下来。

玩法

投壶的玩法古时有记载。像《礼记》《大戴礼记》都有《投壶》篇的记述。投壶进行时，宾主双方轮流以无镞之矢投于壶中，每人有四支箭，多中者为胜，负者饮酒作罚。《左传·昭公十二年》："晋侯以齐侯宴，中行穆子相，投壶。"这也是一种投壶，但更多是政治过招。

投壶用两尊壶，金属、陶瓷的都可以。一般壶颈长七寸，口径二寸半，壶高一尺二寸，容斗五升，壶腹五寸（这些皆是周代制度，一寸即 2.31 厘米）。

再备箭若干。古时候以柘木制，后来以竹、木均可，竹木削成箭状，箭长二十厘米，首端锐尾端钝。箭要准备八支以上。

算若干。也是竹木制，计算成绩之用。

酒爵一对，宾主罚酒时所用。

这样一种形制，跟后世的套圈取物，颇为相似，其实很难套中，大家图个乐，也就完结了。

梁甫吟[①]

唐·李白

长啸梁甫吟,何时见阳春?
君不见,朝歌屠叟[②]辞棘津,八十西来钓渭滨。
宁羞白发照清水,逢时吐气思经纶。
广张三千六百钓,风期暗与文王亲。
大贤虎变[③]愚不测,当年颇似寻常人。
君不见,高阳酒徒[④]起草中,长揖山东隆准公[⑤]。
入门不拜骋雄辩,两女辍洗来趋风[⑥]。
东下齐城七十二,指挥楚汉如旋蓬[⑦]。
狂客落魄尚如此,何况壮士当群雄!

我欲攀龙见明主,雷公砰訇震天鼓。

帝旁投壶多玉女⑧,三时大笑开电光,倏烁晦冥起风雨。

阊阖九门不可通,以额扣关阍者怒。

白日不照吾精诚,杞国无事忧天倾⑨。

猰貐磨牙竞人肉⑩,驺虞不折生草茎。

手接飞猱搏雕虎,侧足焦原未言苦⑪。

智者可卷愚者豪,世人见我轻鸿毛。

力排南山三壮士⑫,齐相杀之费二桃。

吴楚弄兵无剧孟⑬,亚夫咍尔为徒劳。

梁甫吟,梁甫吟,声正悲。

张公两龙剑⑭,神物合有时。

风云感会起屠钓,大人岘屼当安之⑮。

李白(701—762),字太白,号青莲居士,陇西成纪人,居四川绵州,唐代著名诗人,个性率真豪放,嗜酒好游,玄宗时为翰林供奉,后赐金放还,游历全国。其诗高妙清逸,世称"诗仙"。

主旨

关于此诗的主旨，说法不一，大约写贫士失主，不得其用之感慨。

注释

① 梁甫吟：诸葛亮好为《梁甫吟》，李白这是仿作。
② 朝歌屠叟：姜太公。《韩诗外传》："吕望行年五十，卖食棘津，年七十屠于朝歌，九十乃为天子师，则遇文王也。"
③ 大贤虎变：大人物发生大的变化，飞黄腾达了。《周易》："大人虎变，其文炳也。"
④ 高阳酒徒：郦食其，尝自称高阳酒徒。《史记·郦生陆贾列传》："郦生食其者，陈留高阳人也。好读书，家贫落魄，无以为衣食业，为里监门吏。然县中贤豪不敢役，县中皆谓之狂生。"
⑤ 山东隆准公：指刘邦。隆准即高鼻的意思，《史记·高祖本纪》："高祖为人，隆准而龙颜。"
⑥ 两女辍洗来趋风：抛开两个女子，来为郦食其接风。《史记》记载，郦生初见刘邦的时候，"沛公方倨床使两女子洗足……于是沛公辍洗，起摄衣，延郦生上坐，谢之"。
⑦ 指挥楚汉如旋蓬：是说郦食其指挥间，轻松自如，就像空中飘旋的蓬草一样。这是楚汉往事，是说那时候士得用，俯仰间天地经纶，多么畅快，可现在呢，士不得用，自然就思起往事了。这是李白的感慨，他被赐金放还后，自是一

腔热血不得其用，故有此叹。旋蓬，空中飘旋的蓬草，这是比喻，比喻倏忽自定，潇洒自如，这是李白奇特的想象。

⑧ 帝旁投壶多玉女：《神异经·东荒经》记载，东王公常与一玉女投壶，每次投出一千二百支，不中则天笑之，此时流火闪耀，闪电频发。

⑨ 杞国无事忧天倾：皇帝不理我，以为我是杞人忧天。《列子·天瑞》："杞国有人忧天地崩坠，身亡所寄，废寝食者。"

⑩ 猰貐磨牙竞人肉：猰貐，读亚宇，古代一种食人怪兽。这是讲，那些奸臣当道，残害忠良，贫士不得其用，就好像怪兽食人一样。这是一种大开大合的写法，后有云，驺虞不折生草茎，驺虞是仁兽，连草茎都不会掐断，这么小心有什么用呢？你不见那些奸臣当道么？用对比的手法，说明竞争环境的不公平。

⑪ 侧足焦原未言苦：传说春秋时莒国有一块大石名焦原，约五十步方圆，下临百丈深渊。此是言勇，站在焦原这样的石头上也心淡如水。

⑫ 力排南山三壮士：这是"二桃杀三士"的典故。齐景公手下有公孙接、田开疆、古冶子三位勇士，力能搏虎而不知礼义。齐相晏婴向景公建议除掉他们。方法是用两只桃子赏给有功之人。于是三勇士争功，继而各自羞愧自杀。这是比喻李林甫陷害忠良，就像二桃杀三士一样。他又说，齐相杀之费二桃，你连这点诱饵也不用施了，这不更轻便么？这是讽刺，十分大胆。

⑬ 吴楚弄兵无剧孟：吴楚七国之乱时，周亚夫知道吴楚起兵不用剧孟，哈哈大笑，知道其无能为也。

⑭ 张公两龙剑：张公是指西晋张华。《晋书·张华传》记载，丰城县令雷焕掘地得到两把剑，即古干将和莫邪。雷焕留下莫邪，把干将送给张华。后张华被杀，干将失落。雷焕死后，其子雷华有一天携带莫邪经过延平津，突然，剑从腰间跳入水中，与水中的干将会合，化作两条蛟龙。

⑮ 大人岠岠当安之：大人遭遇坎坷，还是要安心啊！岠岠，动摇不安的样子。

诗里诗外

唐玄宗到底想不想用李白呢？他让李白写诗，去歌颂大唐的升平。电影里说："大唐有你（李白），才真正了不起。"可是他哪里懂李白呢？这就是政治家与诗人的区别，但他们还是凑成了二绝，再加上杨贵妃，成为那个时代的精神写照。"云想衣裳花想容，春风拂槛露华浓。若非群玉山头见，会向瑶台月下逢。"千年之后，两位歌者唱出了这首曲子，哀艳至极，调子凄婉，几乎不像这个时代的东西，这是盛唐的精华，却显得波澜不惊。据此而论，李白论贫士失职，就显得微不足道了。但他还是揭露了那个时代的危机，贫士不得其用，奸臣当道，陷害忠良，这是国家的危机啊！所以他发出感慨，"神物合有时"，遇合是有个时候的啊！

拔河

科普 //

　　拔河，比赛气力大小的游戏，分成两队，各执绳之一端，同时发力向后拉，中点超过一定界限，拉过者即赢。

历史

"拔河"一词到唐代才出现,在这之前叫作"施钩"或"牵钩",但"施钩"或"牵钩"又起源于何时何地,可真就莫衷一是了。

南朝梁宗懔《荆楚岁时记》写立春之日拔河:"为施钩之戏,以绠作篾缆相罥,绵亘数里,鸣鼓牵之。"荆楚一带民间流行的"施钩之戏",用麻绳做成辫子一样的长绳,长达数里,人们便在鼓声中互相牵引,春日的拔河,其景象如此。

"施钩""牵钩"之戏本来是一种水上战技。《荆楚岁时记》又说:"按施钩之戏,求诸外典,未有前事。公输子游楚,为舟战,其退则钩之,进则强之,名曰钩强,遂以时越。以钩为戏,意起于此。"这种水上战技,后来转变成一种民间娱乐。其运动地点,也由最初的水上变到陆上。其最初的形式,其实已经有娱乐的意思,至于变成了民间娱乐,更像是一种娱神的游戏。后来纯粹变成了一种竞技,褪去了娱神的色彩,更像是一种大众喜欢的方式,为众人所喜闻乐见。

到了唐代,拔河定型下来,一方面是名称,另一方面则是比赛规则。据《封氏闻见录》记载:"拔河,古谓之牵钩。襄汉风俗,常以正月望日为之。相传楚将伐吴,以为教战。梁简文临雍部,禁之而不能绝。古用篾缆,今民则以大麻绳长四五十丈,两头分系小索数百条挂于胸前,分二朋,两向齐挽,当大绳之中立大旗为界,震鼓叫噪,使相牵引,以却者为胜,就者为输,名曰'拔河'。"这里拔河的定义,基本上与现代没有区别,但与唐以前就有了一

诗歌里的游戏

些差别。一者，不再用篾缆，而代之以大麻绳。二者，篾缆不再绵延数里，麻绳的长度一般为四五十丈。三者，定了新的游戏规则，在中间划分界线，立上大旗，退到界线后的为胜，超过的就输了。这就是唐朝对传统"牵钩"的改革，可以看出，它更突出了人的色彩，更像一种大集体的运动，也就和现代相似。我们现在的拔河，多是运动会上必有的项目，最能增进人的感情，是一个"和"字的写照。

拔河比赛对人的心理影响甚巨。它呈现的状态，结合了人的肉体、精神与生活。它是一个从面对自我到享受自我的过程，人人参与其中，不得不正视自己的力量大小，并且明确自己面对集体的态度，是选择奋进还是偷懒，只有自己知道。也许正是因为这样，它从唐朝流传到现在，一直没有断绝过。唐时拔河的场面很盛大，唐玄宗曾经在长安举办千人拔河比赛，这种气势，古往今来鲜有之。

关于唐玄宗李隆基有多喜欢拔河，历史上有记载。《唐语林》上说："明皇数御楼设此戏，挽者至千余人，喧呼动地，蕃客庶士，观者莫不震骇。"他在宫殿禁苑多处设了拔河的场地，什么人都可以参加，士庶百姓、宫女士兵、达官显贵，都被他拉了进来。观者也多，本国的平民百姓、外国人，一视同仁。他还有一首《观拔河俗戏》诗，里面写道："俗传此戏，必致年丰，故命北军，以求岁稔。壮徒恒贾勇，拔拒抵长河。欲练英雄志，须明胜负多。噪齐山岌嶪，气作水腾波。预期年岁稔，先此乐时和。"张说也有一首奉和圣制的诗，写道："今岁好拖钩，横街敞御楼。长绳系日住，贯索挽河流。斗力频催鼓，争都更上筹。春来百种戏，天意在宜秋。"

(《奉和圣制观拔河俗戏应制》)他没有违背玄宗的意思,说到了天上去,又"系日住"又"挽河流"的,只说是为了丰收而设此戏,"天意在宜秋",春来百戏皆为此。这种应制诗写的都是真事,当时的盛景,由此可见一斑。这种场景在后世的封建社会是不会有的,也只有盛唐时的开放,才会出现这种君民同乐的场面。

关于拔河能致丰年的说法,《隋书·地理志》中也有记载:"二郡(南郡、襄阳)又有牵钩之戏,云从讲武所出,楚将伐吴,以为教战,流迁不改,习以相传。钩初发动,皆有鼓节,群噪歌谣,振惊远近,俗云以此厌胜,用致丰穰。"这跟天狗吃月亮是有点相似的,都是鼓噪以惊大势,强行改变趋势,以求吉祥的兆头。这是民间常有的习俗,但它从讲武中脱胎而来,气势就不一样了,常常营造出一种盛大的丰年感,这也是它能保存下来的缘故,成为盼丰收的固定节目。

但拔河为什么能致丰年呢?从文化人类学的角度上说,往往跟娱神有关。楚地古时往往俗信巫鬼,《汉书·地理志下》里讲:"楚有江汉川泽山林之饶,江南地广,或火耕水耨,民食鱼稻,以渔猎山伐为业,果蓏蠃蛤,食物常足。故呰窳偷生,而亡积聚,饮食还给,不忧冻饿,亦亡千金之家,信巫鬼,重淫祀。"因为食物不缺,不会发生水旱天灾什么的,要想祈求老天保佑,只要多敬敬神就行了,这就是那里的风俗,也是跟中原不一样的地方,这就是拔河能致丰年的缘由,其实不需要多费气力,大家聚一聚、闹一闹,民气就振起来了,这丰年也就有了,这是南方风情。但为什么一定要鼓噪起来呢?王逸《楚辞章句》里说:"昔楚国南郢之邑,沅湘之间,其俗信鬼而好祠。其祠,必作歌乐鼓舞以乐诸神。"这就是一种形式,凡与神的沟通,必以歌舞的形式,这也是拔河能动神的缘故。这跟中原王朝不太一样,他们一定要寂静虔斋的样子,才算敬了神。

这种民间信仰延续到宋代。《方舆胜览》有云:"以麻绠巨竹分朋而挽水,谓之拔河。以定胜负,而祈农桑。"苏颂也有类似的诗,写道:"关中古有拔河戏,传闻始盛隋唐世。长绠百尺人两朋,递以勇力相牵制。芳华乐府务夸大,黎园公卿谩轻肆。拔山扛鼎乌足矜,引绳排根非胜事。"(《和诸君观画鬼拔河》)这证明宋朝还有类似的信仰,还相信唐代有这种壮观的场面,然而只是文士间的谈论,绝没有唐朝那种盛况了。

绳子往往代表龙,用长龙保丰年,也是一种民间信仰。那长长的绳子,不正像天地间盘旋的龙吗?它能带给人丰收的希望,人们在执绳的时候,常有此类丰收的幻想,这就是祈念的总结。《梦粱录·元宵》上说:"正月十五日元夕节……以草缚成龙,用青幕遮草上,密置灯烛万盏,望之蜿蜒如双龙飞走之状。上御宣德楼观灯,有牌曰'宣和与民同乐',万姓观瞻,皆称万岁。"这也是一种祈念。在元宵节的时候,你看那双龙飞舞,照耀了天空,这是来年的丰收景象啊!

这也是当时君王的一种政治手腕,无论是李隆基观拔河,还是宋徽宗与民同乐,都可以看出,君主想努力调动民众的情绪。拔河所用的道具极其简单,其浑朴的形式,缩短了阶级间的差距。其作为公共活动的一种形式,凝聚了人们的情感,是少有的一种积极向上的博弈,人们不分彼此地向后发力,积聚的情感能迅速化为热情,这当真是一个"和"字,消弭了人我之间的差别,汇聚了力量,也增强了团结感。

从历史的角度来看，它从军事项目演变成一种民间游艺，促进了民间的娱乐，增进了人们的情感，增强了团结的功能。它由娱人的军事项目，变成娱神的祈求农桑的手段，这同样是一种转变，人们相信自身的力量，同时祈求上天帮忙，这是农业社会才有的。直至今日，它最终转变成纯粹的体育项目，更加说明了它的生命力。

我国古代的民族体育历史源远流长，可以大力吸收古代体育的精华，来促进现代体育的发展。像拔河这样的运动，充满了和衷共济的精神，大家拼命发力，以求集体的胜利，这是其他体育项目代替不了的。这样一种运动，最能反映"和"的精神，像社区的群众体育运动项目中，拔河比赛最常见，因为它能很好地增进邻里间的情感，激发人们积极乐观的生活热情，因而最易受到人们的喜爱。

玩法

古代的拔河和现代略有不同，有时候不是一根绳，而是多根小绳套在一起。而且也不一定是相向而拔，背向的也有，即如唐玄宗时的拔河，就比现在的热闹，千人共聚，十分壮观。

奉和圣制观拔河俗戏应制

唐·张说

今岁好拖钩①,横街敞御楼。
长绳系日住,贯索②挽河流。
斗力频催鼓,争都更上筹。
春来百种戏③,天意在宜秋④。

张说(667—730),字道济,又字说之,唐朝洛阳人,朝廷大述作,多出其手,为文属思精壮,长于碑志,卒谥文贞,著有《张燕公集》。

主旨

　　这首诗虽是应制之作,却把宫廷内外的拔河游戏描写得绘声绘色,精彩动人。

注释

① 拖钩:拔河古称拖钩。
② 贯索:长绳。贯索为星座名,在天市垣,九星连锁,皆为三至五等星,又作"天狱",此处指长绳。
③ 春来百种戏:指包括拔河在内的多种游艺。这都是祈求丰收的,在春时举行,属意的是秋时的丰稔。
④ 天意在宜秋:圣上的旨意还是为了秋天的收成啊!点明是应制。

诗里诗外

　　唐玄宗到底有没有举办过类似的庆典呢?笔记上是有记载的,那时明皇如何如何,就像花萼相辉楼里展现的那样。那样的与民同乐,说是"极乐之宴,无有尊卑上下之分"。我们看到李白写的《清平调》,可以想象"名花倾国两相欢,长得君王带笑看"的场景,这是在宫廷内。而在宫廷外,则是"今岁好拖钩,横街敞御楼",长安城一片欢腾。盛唐气象于此可见一斑。

烟花

科普 //

　　烟花，一种用火药和其他材料制成的物品，燃烧时绽放出各种绚烂璀璨的光芒，以供观赏。

历史

烟花和爆竹有很密切的关系。最早的时候,为了驱鬼辟邪,人们燃烧竹子,发出剧烈的响声,用来吓走邪魅。这是鞭炮的起源。

但烟花是怎么来的呢?我们也不知道它具体产生于什么时候,大约是在火药发明之后了。

据记载,唐朝初年,药王孙思邈最早把硝石、硫磺、含炭物质混合一起,创造了火药的"硫磺伏火法"。也是在唐初,湖南浏阳大瑶镇李畋为驱除瘟疫,将火药装在竹筒中,用引线点燃起爆,发出更大的响声和浓烈的烟雾,驱散山岚瘴气。这是"装硝爆竹"的雏形。此后纸筒代替了竹筒,鞭炮随之产生。唐苏味道《正月十五夜》写道:"火树银花合,星桥铁锁开。"宋辛弃疾《青玉案·元夕》:"东风夜放花千树,更吹落、星如雨。"可见唐宋时,烟火就已经很普及了。明朝的风貌大约是这样:"燕城烟火诸制,有声者曰响炮,高起者曰起火,起火中带炮连声者曰三汲浪,不响不起,旋绕地上者曰地老鼠。筑打有虚实,分两有多寡,有花草人物等形者。花儿名百余种,别以泥函者砂碾儿,以纸函曰花筒,以筐函曰花盆,统名曰烟火。勋戚家有集百巧为一架,分次第传爇,通宵以为乐。"(《宛署杂记》)

清代《养吉斋丛录》写过烟花的情景:

> 各据方位,高低盘舞,若星芒撒天,珠光燆海,真异观也。既则火发于筒,以五为耦,耦具五花,抡

诗歌里的游戏

升递进。乃举巨炮三，火线层层，由下而上。其四箱套数，若珠帘焰塔，葡萄蜂蝶，雷车电鞭，川奔轴裂，不一而足。又既则九石之灯，藏小灯万，一声迸散，万灯齐明，流苏葩瑶，粉纶四垂。箱中鼓吹并起，篡靴膂箅，次第作响。火械所及，节奏随之。霹雳数声，烟飞云散。最后一箱，有四小儿从火中相搏堕地，炮声连发，别有四儿花裲裆，杖鼓拍板，作秧歌小队，穿星戴焰，破箱而出。翕倏变幻，难以举似。

这种灿烂炫目的场景，只有烟花才能表现出来。在这种烟花的盛景中，寄托了人们美好的愿望，象征着红红火火、喜庆吉祥和欣欣向荣的未来。

也许人们太看重烟花的寓意和象征价值了，明清时期，烟花并没有向火器进发，促进军事技术的革命，而是进一步走向了审美的一面，烟火的种类越来越多，色彩越来越绚烂，烟花文化越来越浪漫。

中国的烟火文化还影响了世界。1749年，英国为庆祝英法战乱的结束，举行了一场盛大的烟火晚会。晚会上，德国音乐大师亨德尔创作的管弦乐作品《皇家烟火音乐》的演奏获得极大成功，成为经典而永久地流传下来。

如今在世界各地，人们在观礼台上、在节假日的庆祝中、在孩子们的欢声笑语里、在喜庆的祝福里，总是能看到缤纷多彩的烟花。烟花，它已经脱离了火器制造的使命，变成了一种喜庆欢乐祝福的媒介，融入人们的生活，融入日新月异的时代。

玩法

每值清夜,郊外野地,施一天灯,绚烂无比。然至海边,更增佳趣。如有大型烟火晚会,兴趣更浓。

正月十五夜

唐·苏味道

火树银花合，星桥铁锁开①。
暗尘②随马去，明月逐人来③。
游伎皆秾李④，行歌尽落梅⑤。
金吾不禁夜⑥，玉漏莫相催。

苏味道（648—705），字守真，赵州栾城人，唐宰相。自幼聪颖，年二十，举进士第，武则天时期为显宦，然处事模棱两可，人称苏模棱，附张易之，贬为眉州刺史，卒于任上。《全唐诗》录其诗十六首。

主旨

这首诗写正月十五游夜,全诗色彩明丽,刻画了洛阳市民元宵之夜的欢乐景象。

注释

①星桥铁锁开:星津桥上的铁锁今夜开了。星桥即是星津桥,是洛阳的一座桥,每年此桥只开三天,即正月十四、十五、十六三天。

②暗尘:暗中飞扬的尘土。这是写马蹄声,马蹄碎碎的,激起一路尘土,我们就尽兴在这路上。

③明月逐人来:明月追逐人的光影。这是写月亮的光华,照在人的身上,说不尽的美。

④游伎皆秾李:那些歌舞伎们,都穿戴得十分浓艳。这是写盛装出席,多么盛大的节日啊!

⑤行歌尽落梅:边走边唱着《梅花落》。人们唱的歌儿都含情脉脉,这就是节日的气氛。

⑥金吾不禁夜:今天就不实行宵禁了。唐时京城,夜间不可外行,只有正月十五前后三日例外。

诗歌里的游戏

诗里诗外

唐朝的盛夜到底是什么样子?实际上只有三天,就像放大假一样。人们穿红戴绿的,就像赶集一样,去赴一场盛宴。这其中烟火是最重要的一个节目。

我们不要把这种感觉想得太浪漫。然而一年一会,究竟是盛赞的。这样一种节日,勾起了人们对夜生活的兴趣。到了宋朝,这种宵禁制度就被打破了,这时候就真可以讲起浪漫来。这时候的夜市,恐怕跟今天的没有什么两样。多少年被禁锢的热情,通通释放了出来。人们喜欢夜生活,这是人的一种本能,不需要证明的,只需要热情就可以了。

你幻想一下这样的场景,在宋朝的汴梁,繁忙的夜市,你与一位红裙女子,一起徜徉在繁忙的街市上。她对你诉说衷肠,你耐心地倾听着,她的心你全看在眼里。此时火树银花,灿烂星空,遍是情人的感觉。这样的浪漫,与今天是一样的,都是不可复制的感情,千古同慨。那时候的文人,似乎都以此为乐,演出浪漫的剧情。为什么说"东京梦华"呢?因为它真的像梦一样,整个宋城,到处弥漫着一股浪漫气氛。

竹马

科普 //

  竹马,一种儿童玩具,多以竹竿制作,充作马骑;又为一种戏剧道具,以竹竿象征马。

诗歌里的游戏

历史

  以竹木制器有很悠久的历史，可以追溯到原始时代，《周易·系辞下》记载，那时人"斫木为耜，揉木为耒""刳木为舟，剡木为楫""断木为杵，掘地为臼""弦木为弧，剡木为矢"，这些都是原始先民的遗迹。至于象其德而为之，据说可以追溯到黄帝时代，《博物志》上说："黄帝登仙，其臣左彻者削木象黄帝，帅诸侯以朝之，七年不还，左彻乃立颛顼，左彻亦仙去也。"这是把木主当成黄帝本人了，这也是后世灵牌的源头。然以器象物，实在是有很悠久的历史了。

  关于竹马最早的记录文献是三国时韦昭所写的《吴书》，《三国志·陶谦传》注引云："谦父，故余姚长，谦少孤，始以不羁闻于县中，年十四，犹缀帛为幡，乘竹马而戏，邑中儿童皆随之。"陶谦到了十四岁还在玩竹马，还有人跟随，也是奇了。另《后汉书·郭伋传》载郭伋"始至行部，到西河美稷，有童儿数百，各骑竹马，道次迎拜。伋问：'儿曹何自远来？'对曰：'闻使君到，喜，故来奉迎。'伋辞谢之。"还没有入境，已经有一支"大部队"过来了，是一群儿童骑着竹马，来奉迎郭伋。这是关于竹马最早的记载，可见在汉代，这种游戏已经很风行了。这是一种儿童的游戏，以坐骑的样子，来模仿大人骑马，我们小时候都玩过，只不过我们玩的是车了，但游戏精神是相通的，都是一种成人的锻炼，是一种成人前的洗礼，这就是竹马的意义。

  许多游戏就是这样风行起来的，儿童玩一玩，它就风靡天下了。

  竹马是什么样子呢？最简单的，一根竹竿，就可以当作马了；

稍微精细点的，就用木头制成马头，套在竹竿上；再复杂点的，还要糊上纸，画上图案，给马脖子上套上铃铛，再用布匹做成围裙的样子，围裙上画上马腿。长板凳也可以当作马来骑，但这个稍显笨重。

竹马有它的适龄玩法。《博物志》上说："小儿五岁曰鸠车之戏，七岁曰竹马之戏。"五岁的时候玩鸠车，七岁就玩竹马。杜夷《幽求子》也说"五岁有鸠车之乐，七岁有竹马之欢"。可见古人普遍认为，七岁玩竹马比较合适。像陶谦十四岁还在玩竹马，实在是惹人笑的，属于超龄了。但陶谦十四岁玩竹马还有人跟随，可见其有御人之能，后果成一方割据豪雄。所以也并非七岁才能玩竹马，它代表着一种将御精神，像陶恭祖之流，未必不是从玩竹马开的窍，才有了后来一番作为。我们看《三国志》，他对刘备的种种礼让，未必不是玩竹马时养成的一种手腕，后来才大展其才，获得尊敬。《吴书》说同县的甘公见其状貌，甚奇，与之交谈几句，就把女儿许配给了他，就是这个缘故。

竹木玩具的出土也是很多了，唐代就出土了不少器物，像吐鲁番唐墓中出土的木牛车、木鸭。宋代的许多绘画也表现了竹木玩具，那些生动的鸟笼、小竹椅、棒槌、竹蛇，都丰富了儿童的生活。敦煌莫高窟出土的儿童骑竹马的图像，晚唐第9窟上就有一幅，贵妇人身边有一个小孩，小孩胯下骑着一根竹竿，小孩看着贵妇人，仿佛撒娇的样子，而那些贵妇人当时在礼着佛。这幅生动的画面，就是那时候的竹马戏，贵妇人礼佛是严肃的宗教活动，但是并不以孩子的加入为亵渎，可见那时宗教氛围的宽松，孩子也嬉戏其间，也并不以为是在干扰什么大事，这是孩子的成长空间，

诗歌里的游戏

与大人相辅相成。

唐时小孩骑竹马有多种方式，一是骑竹马竞技比赛，这实际上是一种表演赛，比赛的是谁的姿势更优美。他们做出各种优美的动作，比如大小岩鹰展翅，这表现的是矫健感；鲤鱼跳龙门，这是一种游鱼戏水的味道；黄蜂入洞，这表演的是精巧；燕子入巢，这又是轻巧了；嫦娥奔月，女孩子比较喜欢，是一种飞天的姿态。第二种是高处往低处跳，这相当于越野赛，有时候遇到障碍，更增加了难度，但男孩子喜欢这种运动，最后竹竿不坏者，即为优胜，有时高度过高，格外训练人的胆量，这是勇者才会玩的跳竹马，一般的小孩就玩不转了。第三种是骑竹马格斗，其实也是选出大王的意思，一个人若能占胜所有的对手，也就是王了。还有一种方式，带有礼让的特点，自己骑比较难的姿势，对方骑比较容易的姿势，这样双方都能得宜。这样玩乐下来，男孩子得到了锻炼，也加深了友谊，也培养了默契，更找到了一个争强好胜的发泄出口，是一种锻炼体格的运动，很受唐朝男孩子的喜爱。唐朝人的尚武精神，可能也是从中培养出来的，尤其是通过这样一种武斗，武德渐渐培养出来。但这样一种精神，后世不见了，竹马游戏又变成了纯粹的游戏。

这也就是说，竹马也可以作为一种武斗的工具，这是后世忽略了的东西。

日本人骑竹马，几乎完全复制唐制。其《书言字考节用集》中记载："竹马，小儿游戏具，一名篠骖。"那时的日本小儿人人玩竹马游戏，比唐有过之而无不及。平安时代也有关于竹马的诗句，如《竹坡诗帖》有云："刀氏子字麟浮，十岁赋《竹马诗》。"那时的日本民风，大约也受竹马影响很大，也许也是尚武的开始。

唐朝最有名的一首有关竹马的诗便是李白的《长干行》："妾发初覆额，折花门前剧。郎骑竹马来，绕床弄青梅。同居长干里，两小无嫌猜。十四为君妇，羞颜未尝开。低头向暗壁，千唤不一回。十五始展眉，愿同尘与灰。常存抱柱信，岂上望夫台？十六君远行，瞿塘滟滪堆。五月不可触，猿声天上哀。门前迟行迹，一一生绿苔。苔深不能扫，落叶秋风早。八月蝴蝶来，双飞西园草。感此伤妾心，坐愁红颜老。早晚下三巴，预将书报家。相迎不道远，直至长风沙。"这是写两小无嫌猜的爱情，郎骑竹马来了，我们就定了情，可是你去得远啊，我盼也盼不到，你还是早点回来吧，我去远一点迎你。这就是"青梅竹马"的源头，这是竹马的另一个意象。我们追溯那种孩童间的感情，总是要讲到李白这首诗，这是天真无邪的浪漫感，美好总是容易碎。李白这首诗是中国传统文化的写照，它唱出了女子的温婉、对爱情的忠贞。然而"青梅竹马"本身呢？它到哪去了呢？很多成年以后的恋人都在回想这个问题，那种感觉，至真至纯，未必不是文化至境。近年的文艺作品中常有此类感慨，因为至真至纯的东西总是美好的。

唐太宗曾经说起竹马游戏，他说："夫乐有几，朕尝言之：土城竹马，童儿乐也；饰金翠罗纨，妇人乐也；贸迁有无，商贾乐也；高官厚秩，士大夫乐也；战无前敌，将帅乐也；四海宁一，帝王乐也。"这是说出了几种乐，各有各的层次，至于说到儿童，也真是在土城边骑竹马就算快乐了，人生有几乐，竹马首先之，这就是开端之乐，能不珍贵乎？白居易写过一首《观儿戏》，里面有几句说："一看竹马戏，每忆童骏时。童骏饶戏乐，老大多忧悲。"我一看

诗歌里的游戏

到竹马戏,就想到年少无知的时候,那时候多快乐啊,现在太多悲伤的事了。这是白居易的心,他还有童年时候的幻想,想到竹马的戏乐,便每每伤情。我们有时候也会想到童年时的生活,会不会想到这些东西呢?回到童年是每个人的幻想,然而老大忧悲,回不去了,这就更显得童年的珍贵。白居易还写过一首《送滕庶子致仕归婺州》,里面写道:"已见曾孙骑竹马,犹听侍女唱梅花。"老了老了,归乡了,曾孙也会骑竹马了,我还喜欢听侍女唱的小曲。这是老境,看到竹马已不是感伤,而是轻快,我们还有多少时光啊,就这么着了吧,听听小曲,也算快乐了。"入乡不杖归时健,出郭乘轺到处夸",就这样张扬一下吧,告老还乡嘛,我们就这样终老林泉,还讲什么当年的志向呢?这就是白居易作的诗,他还写了不少竹马诗,一直怀念那个意象,仿佛过不去这道坎似的,这是孩子气才会养成的执念,许多大文豪都有。远去的时光,借一根竹马来怀念,这就是人的伤感。

顾况也写过一首有关竹马的诗:"稚子比来骑竹马,犹疑只在屋东西。莫言道者无悲事,曾听巴猿向月啼。"(《悼稚》)这是一首悼小儿的诗,孩子已经走了,我还记得他骑竹马的样子,就在屋的一个角落,你不要说我不伤心啊,我的心情比猿的啼声还要凄苦。这是更深一层的悲伤,它不是童年逝去,而是稚子夭亡,这样的感伤,哪个父母能承受?它加上了竹马的意象,仿佛儿魂在此,竟说不出有多少离痛别情,要向父母诉说似的。这是在很伤痛的情感下写出来的诗,竹马里实在是蕴含了太多伤感的情绪了。这就是竹马的悲哀感,它从远逝的感觉出发,写出一种怀恋味,无论是稚子还是自己的青春,都是已经不复存在的东西。然而飘逝在年华中的温情，终究是抹不掉的，那是让人怀念终生的东西，写不尽，唱叹不足，成为一种无尽的相思感，刻骨柔情也不过如此。

宋朝是瓷器的天下，耀州窑中有一件印花竹马婴戏纹碗，敞口造型，青釉瓷，器内印有蔓草、婴戏竹马纹、鹤纹和牡丹纹。这也可见，那时竹马纹是一个很普遍的造型。瓷器上的竹马与之前的竹马像都不一样，有了完备的马头跟马身，穿戴在小儿身上。那时的竹马，已经有了跨骑的竹竿式和有马头和马身的穿戴式，这表现的是较复杂的一种。

玩法

竹马有好几种玩法，除了上文讲到的唐朝的骑法外，带着各种装饰，骑在大街上，朝迎夕送的，才是竹马的本来印象。孩子们骑在竹马上，跳跃在市间或者在林中，一点一滴的童年就被记录下来，成了永久的记忆。

唐儿歌（杜鄮公之子）

唐·李贺

头玉硗硗①眉刷翠，杜郎生得真男子。
骨重神寒②天庙器，一双瞳人剪秋水。
竹马梢梢摇绿尾，银鸾睒光踏半臂③。
东家娇娘④求对值，浓笑书空⑤作唐字。
眼大心雄知所以，莫忘作歌人姓李。

李贺（790—816），字长吉，福昌（今河南宜阳）人。唐代诗人，聪颖过人，工于诗文，喜用奇字异辞，富有想象力，有"诗鬼"之称。著有《昌谷集》。

主旨

这首诗写杜黄裳(即杜邠公,当时宰相)的儿子,神采壮异,有希引荐求进之意。

注释

① 头玉硗硗:头骨像玉一般坚硬。这是指儿童状貌有贵相。硗硗,坚硬貌。眉刷翠:眉毛像被女子的螺黛刷过一样,俱是写其神采壮异。

② 骨重神寒:骨相稳重,神态宁静。这是写器识稳健,堪为大才,故说天庙器,是说能堪大用的意思。天庙器,祭天所用之物。

③ 踏半臂:在短袖衣上发颤。这是写银坠子的摆动。半臂,即今半截袖。银鸾闪光,银坠子发出亮光。

④ 东家娇娘:东邻的漂亮姑娘。东邻的姑娘也想跟他攀亲戚了,想嫁给他。

⑤ 书空:在空中以指书写。《世说新语》中殷浩被废,终日书空,曰"咄咄怪事"。这里说书空作唐字,是说小儿(即东家女)痴情状,天天写一个唐字,表达思念。

诗里诗外

李贺为什么会被叫作"诗鬼"呢?他的诗多用一种密集的排比制造出一种恐怖的意象,但又凄丽无比,具有独特的美学效果。

我们看他一首《公无出门》:

天迷迷，地密密。熊虺食人魂，雪霜断人骨。嗾犬狺狺相索索，舐掌偏宜佩兰客。帝遣乘轩灾自息，玉星点剑黄金轭。我虽跨马不得还，历阳湖波大如山。毒虬相视振金环，狻猊狔猭吐馋涎。鲍焦一世披草眠，颜回廿九鬓毛斑。颜回非血衰，鲍焦不违天。天畏遭衔啮，所以致之然。分明犹惧公不信，公看呵壁书问天。

这是写贤士遭谗灭的感伤，你最好不要出门了，天地间尽是险境，你看那毒蛇、狮子、怪兽，种种设障，贤士怎么能出门呢？那些圣贤为什么早夭，或者终身贫贱呢？是天使之然，宁可使他们穷厄、早死，也不愿他们受伤害啊！这就是李贺的感慨，夸张是夸张了些，但表达的意思很真切，是贫士的大呼，字字见血。这一首是比较典型了，还有一首更幽静的，但也是鬼气拂拂。《苏小小墓》：

幽兰露，如啼眼。无物结同心，烟花不堪剪。草如茵，松如盖。风为裳，水为珮。油壁车，夕相待，冷翠烛，劳光彩。西陵下，风吹雨。

这就写得很伤感了，你看那凄风苦雨中的坟墓，寄寓着一段痴情，我也曾经历过啊，怎能不惹人伤情。这要在别人写来可能会很仙，比如说曹植的《洛神赋》，这是气质不同。李氏之作也是一种风格，然劳伤人命矣！但于今世观之，正不独此为佳也。

击壤

科普 //

　　击壤，一种古代的游戏，将一块鞋状的木片当靶子，在一段距离之外用另一块木片对准其投掷出去，击中就获胜。

历史

击壤是什么时候兴起的呢？人们莫衷一是，但很多资料都曾提到击壤。如《太平御览》中有一大段记载。

《释名》：击壤，野老之戏也。

玄晏（皇甫谧，号玄晏先生）：十七年，与从姑子果柳等击壤于路。

《逸士传》：尧时有壤父五十人击壤于康衢。或有观者曰："大哉，尧之为君！"壤父作色曰："吾日出而作，日入而息，凿井而饮，耕田而食，帝何力与我哉！"

《风土记》：击壤者，以木作之，前广后锐，长可尺三四寸，其形如履。腊节，僮少以为戏，分部如掷博也。

《艺经》：击壤，古戏也。又曰：壤以木为之，前广后锐，长尺四，阔三寸，其形如履。将戏，先侧一壤于地，遥于三四十步，以手中壤敲之，中者为上。

从以上记载可以看出，这是一项相当古老的运动，甚至可以追溯到尧帝的时候。这种游戏一直有一层神秘的面纱，好像是颂圣的工具一样。为什么如此呢？它就没有别的功能么？或者说为什么非是这种游戏呢？这需要细细辨析。

袁枚就对此有过疑问，他说："尧之时，老人击壤。壤，土也。

周处《风土记》则曰:'壤,以木为之,长三尺四寸。'引皇甫元宴十七岁与从姑子击壤于路为证。不知尧之时,安得有木壤?果有之,又何得历夏、商、周而不一见于咏乐耶?要知周处《风土记》,亦宋人伪作。"(《随园诗话》)

这是讲,这个历史可能是假的,哪有那么久远还能记得的呢?许多材料都不真实。或者讲,这至少不是一个可信的历史,只能将信将疑,作为一种参考,才是正确的态度。

唐宋时有不少诗词讲到击壤。如李峤《晚秋喜雨》:"九农欢岁阜,万宇庆时休。野洽如坻咏,途喧击壤讴。"人们在野田中击壤庆祝,这还是很欢快的,因为丰收了,我们要颂圣感恩啊!这是唐朝早期的诗。又武元衡《奉和圣制丰年多庆九日示怀》:"令节寰宇泰,神都佳气浓。赓歌禹功盛,击壤尧年丰。"这也是庆丰收的,同样是出于宰辅之手,自有一派吉祥的庆祝感。又杨嗣复《仪凤》:"八方该帝泽,威凤忽来宾。向日朱光动,迎风翠羽新。低昂多异趣,饮啄迥无邻。郊薮今翔集,河图意等伦。闻韶知鼓舞,偶圣愿逡巡。比屋初同俗,垂恩击壤人。"这是一派富丽的景象,我们都是受皇恩的啊,怎能不感恩呢?又杨巨源《春日奉献圣寿无疆词十首》(其七):"睿德符玄化,芳情翊太和。日轮皇鉴远,天仗圣朝多。曙色含金榜,晴光转玉珂。中宫陈广乐,元老进赓歌。莲叶看龟上,桐花识凤过。小臣空击壤,沧海是恩波。"这是颂圣的诗,写得更华丽,像是亲见圣隆似的。由此可见,颂圣这个东西,是要写得很壮观的,要是写得不壮观,也就不足以表达那种感情。晚唐又有贯休写道:"曈曈悬佛日,天俣动云韶。缝掖诸生集,麟洲羽客朝。非烟生玉砌,御柳吐金条。击壤翁知否,吾皇即帝尧。"

诗歌里的游戏

(《寿春进祝圣七首·大兴三教》) 这是写皇帝就像佛恩一样,这是和尚的感情,也是场面上事。这也可见,在古代,颂圣是人人参与的,有时候和尚也得虚应故事。但也有不和谐的声音,如齐己《苦热行》说:"离宫划开赤帝怒,喝起六龙奔日驭。下土熬熬若煎煮,苍生惶惶无处处。火云峥嵘焚沆寥,东皋老农肠欲焦。何当一雨苏我苗,为君击壤歌帝尧。"这天热啊,你赐我点雨吧,我就歌颂你。实际上小民也不想被干扰太多,即如元稹写道:"乃知养兽如养人,不必人人自敦奖。不扰则得之于理,不夺以有多于赏。脱衣推食衣食之,不若男耕女令纺。尧民不自知有尧,但见安闲聊击壤。前观驯象后驯犀,理固其如指诸掌。"(《和李校书新题乐府十二首·驯犀》)这就是讲别管那么多闲事,小民自会生活,统治者最好安闲一点,这国家就容易治了。这就是那时候的诗词。

但击壤是不是真是这个样子呢?它作为一种游戏,实际上与这种政治意义大相径庭,只是一种乡间野玩而已。《升庵诗话》中有记载:"宋世寒食有抛堶(tuó 砖)之戏,儿童飞瓦石之戏,若今之打瓦也。梅都官《禁烟》诗:'窈窕踏歌相把袂,轻浮赌胜各飞堶。'堶,七禾切。或云起于尧民之击壤。"这是一种什么游戏呢?也就是乡间儿童一种扔弹子的把戏,只不过以土为弹,土得不得了。这样一种游戏,怎么作为一种政治象征,登上大雅之堂的呢?梅宛陵诗中说的飞堶是什么东西?《扬州画舫录》里记载:"里人于清明时,坟上放纸鸢,掷瓦砾于翁仲帽上,以卜幸获,谓之飞堶。"这也是一种乡间的野玩,玩的是瓦砾,更加不上道了,仿佛脱不了那种俗气,说起来大煞风景,倒不如不讲的好。然而这种游戏,就纯游艺的意义来说,也是有点意思的。有点像弹弹子,弹的人隔一定距离，瞄准那个远距离的弹，重点发射，击倒为算，其实也挺有意思的。各地都有这种游戏，多是小孩子玩这种东西，倒并不是传说里的老人。

虽说击壤作为一种游戏，不宜被过多地抬举，但作为一种乡间野玩，它自有它的乐趣。

玩法

击壤是小孩子玩的游戏，不是老年人玩的，这是必须明确的。打㮌、打瓦，或者类似掷土块、木块的游戏，都可以叫作击壤。持一土块或木块，向远处击发，击中远处地上的木块、土块者为胜。

骠国乐

唐·白居易

欲王化之先迩后远也

骠国乐,骠国乐,出自大海西南角。
雍羌之子舒难陀,来献南音奉正朔。
德宗立仗御紫庭,黈纩不塞为尔听[1]。
玉螺一吹椎髻耸,铜鼓一击文身踊[2]。
珠缨炫转星宿摇[3],花鬘斗薮龙蛇动[4]。
曲终王子启圣人,臣父愿为唐外臣。
左右欢呼何翕习,至尊德广之所及。
须臾百辟诣阁门,俯伏拜表贺至尊。

伏见骠人献新乐，请书国史传子孙。
时有击壤老农父⑤，暗测君心闲独语。
闻君政化甚圣明，欲感人心致太平。
感人在近不在远，太平由实非由声。
观身理国国可济，君如心兮民如体。
体生疾苦心憯凄，民得和平君恺悌。
贞元之民若未安，骠乐虽闻君不叹。
贞元之民苟无病，骠乐不来君亦圣。
骠乐骠乐徒喧喧，不如闻此刍荛⑥言。

白居易（772—846），字乐天，号香山居士，唐下邽（今陕西渭南市附近）人，贞元年间进士，以刑部尚书致仕，工诗，作品平易近人，老妪能解，新乐府的倡导者，著有《白氏长庆集》。

主旨

这首新乐府诗生动记述了唐贞元十七年（801）骠国（古缅甸）乐舞来大唐表演的情景，乐器之众多、乐队之庞大、场面之壮阔，栩栩如生。

注释

① 黈纩不塞为尔听：去掉所有的障蔽来听。《淮南子·主术训》："故古之王者，冕而前旒，所以蔽明也；黈纩塞耳，所以掩聪；天子外屏，所以自障。"本诗是反用其意，去掉所有的屏障，表示重视。

② 铜鼓一击文身踊：铜鼓敲起来，绘着文身的人们纷纷跳起了舞蹈。这是描写少数民族的风情。《隋书·南蛮传》："其俗断发文身。"

③ 珠缨炫转星宿摇：脖子上的璎珞炫舞，搞得天旋地转的。《旧唐书·南蛮传·林邑》："夫人服朝霞古贝以为短裙，首戴金花，身饰以金锁真珠璎珞。"此是其服饰。

④ 花鬘斗薮龙蛇动：花环抖起来，跟龙蛇的炫动一样。这是写骠国乐的华丽，有很多异域风情，你看那花鬘的抖动，岂不像龙蛇在颤动么？这是白居易的劝谕诗，故没有正面描写骠国乐的样子，只用了四句，有研究称白居易根本没有见过骠国乐，只是凭想象而写出来的。

⑤ 时有击壤老农父：我看见一个歌《击壤》的农民。《击壤》是古代的一首民歌，歌颂天下太平的，见本书《击壤》篇。

⑥ 刍荛：割草为刍，打柴为荛，这里的"刍荛"泛指樵夫、农夫。

诗里诗外

日本人很崇拜白居易，早在唐代，日本凡谈及汉诗文者，总是提到《文选》和《白氏长庆集》，然而为什么不崇拜李白、杜甫呢？这也许是因为白诗较李、杜更加通俗浅显，易于学习、理解和借鉴。这也更符合日本人的性格。白居易的诗就像现代的流行金曲，更容易传唱和模仿，而白诗的"闲适""感伤"的情调以及内含的佛道思想也更为人所认同。

而且白居易也是信佛的，晚年皈依净土，他比王维更懂得禅的精义，为什么叫他诗魔呢？大约是写诗写魔怔了吧，就是锤炼字句过深，搞得很疯狂的样子，就像电影《妖猫传》里演的那个样子，立雪而苦思，不吃不喝，也要超过李白。大唐的诗人都是这样前赴后继的，历史上的白居易可能确实是这个样子，并不是我们印象中的温文形象，他是故意把诗写得随意，造出一种奇异的风范，这也是一种风格啊！